病歷的彼端，未盡的故事

林思偕——著

晨星出版

【自序】

寫病歷，也紀錄故事

兒童醫院L棟一樓，電梯對面的佈告欄，總會定期在上頭公布優秀論文榜，領域排名前25％，影響係數5點以上。優異的學者相片及其著作整齊並排著，亮澄澄的，發出懾人的威嚴。

真是後生可畏啊！我衷心恭賀他們。

事實上，佈告欄上已經很久沒有我的名字了，這輩子，我花在論文追逐上的時間已經太多，寫不出論文的恐慌感，縈繞了我大半生。我想為我的人生尋求「第二意見」。

我開始寫些短文，像運動一樣持之以恆。我逼著自己要定期寫一點文字：有關病人病歷之後的故事。

每次的醫病相遇，都可能是拉動寫作的線頭，病人帶給我的真實感跟細節感太豐富了，我拚命偷時間與它歡快相聚，像料理一道菜，企圖把回憶的美味鎖在筆尖、落在紙上，當我為描寫它擠出一些字句時，永恆的歲月便又過了一天。

小心探測，初逢乍見的不安，隨之而來的釋然，像滾滾前行的溪水，有些時候給我堅定，另一些時刻令我懷疑，不知身將漂向何處。

某些孩子，因我的診療少受一點苦；某些家長，因我的安慰而多一點笑容；某些傷口，因為我的撫觸，而不那麼痛；曾經某些話被當真，曾經某些朋友相信你，作了一些正確的決定……

去年二月，我出版了《我願與你同行》。這本多年書寫結晶。有點虛張聲勢，有時言不由衷，感覺比真實的我好太多……

沒有找人寫推薦序，沒有辦簽書會，沒有驚動朋友，因為疫情而促銷活動等於零。它只是默默的被放在書架上，很快就撞上書市慘淡無夢的沉重面。

期間很多人問我「賣了幾本？」我不知道。

「記錄」才是重要的。

至少我新印的名片，上面多了作家的頭銜。

魯迅寫的《狂人日記》，在故事的前一小段，是用正經八百的文言文寫的：

話說有這麼一個人，他去看朋友。朋友告訴他說：

「我有個弟弟，幾年前失心瘋了。他瘋的時候就瞎胡鬧寫了一些日記。這些日記斷斷續續，內容十分離奇，我都留在這兒，你有興趣就拿去看一看吧。」

這個弟弟後來怎樣呢？朋友說，現在已經好過來了，在公家機關當後補官員呢！然而，寫完這本書，我好像沒有好過來，反而變本加厲……寫作成為我每天至少一個小時的甜蜜分神。

「寫論文」讓別人看到我，「寫散文」讓我看到我自己。

反正這只是一個醫師走到人生某刻心血來潮的衝撞，我是一個闖入者，宛如天外飛進來的一縷輕煙，隨時會散去也不奇怪。

寫作使我謙卑，也使我得到許多相同頻率的讀者，在文字裡「歡言得所憩」。因著他們的回饋，我學習做一個善良的人。我相信：醫生是助人的志業，行醫是一種浪漫的追求。

幾天前，出版社告知：「該寫下本書了。」

各位舊雨新知，謝謝您們願意與我同行，請繼續支持這本書，推廣它，讓更多人知道。

不敢再設定新目標了，就繼續工作並書寫到最後一刻吧，並努力像自己寫的一樣厲害。

目錄

真的，我也不確定／69

病歷會忘卻，但故事不會／101

臨終的樣貌／133

醫師！你準備好了嗎？／235

菜鳥醫師

實習醫生，不能開立醫囑、不能實際動手操作，有時甚至覺得自己就像擺在醫院或診間裡的「路障」。

但在身處接觸醫療的現場，診間裡大小事的親身見聞，醫病之間的一言一行都是最震撼的感動。

我開始學著讀懂病人的心，發現深埋病歷之後的故事。種種現實人生的脆弱與堅強，都成為我從菜鳥醫師進化成主治醫師的養分，以及不斷提醒從醫初心的寶貴紀錄。

讀病人的心

老婦人坐在候診室。她很瘦，有點蒼白、有點喘，對我微笑。看起來相當優雅，年輕時一定很漂亮。

她也有點沮喪、有點害怕。她壓根兒不想看病，是身為護理師的女兒堅持「押」她來。

我是接「初診」的見習醫師，問完以後要報給老師聽。老師是一個資深的心臟科教授。

「您哪裡不舒服？」我問。老婦人搖頭不作答，女兒說她會喘。

「媽媽獨自一人在鄉下沒人照料，最近動一動就接不上氣，我把她接上來一起住……我沒讓她抬重的東西，一點家務事也沒讓她做，飲食盡量少鹽低脂……」女兒小心謹慎的答。

我開始「系統複查」（review of system, ROS），也就是詢問各器官相關症狀的checklist，病歷必填的欄位。

我問老婦人有沒有「胸痛」、「呼吸困難」、「端坐呼吸」、「四肢水腫」、「小便次數減少」……

女兒搶著說有的，老婦人一定說哪有；女兒說東，老婦人便說西，有點「鬥嘴鼓」起來。

我在病歷上許多ROS症狀後面的括弧裡都打了＋或－（似有若無）。到底是怎樣，要不要先到診間外面商量好再進來？老婦人像座山，山在虛無飄渺間。

問完後，我開始作理學檢查。大致上還OK（以我那時的功力，大部分的時候檢查不出什麼），最後只發現老婦人有一個「可疑」的心雜音。

「儀式」結束後，我領著她們進到教授的診間，帶著小抄，誠惶誠恐，報給教授聽。

教授聆聽之後，一邊很仔細的重新為老婦人檢查一次，一邊和她聊天。老太太以前住在鄉下，有個菜園，教授親切問她種些什麼，鄰居有哪些人……她的生活日常。

老婦人說：「農村空氣好，大家都不生病。我們在山谷辦市集，我也擺個攤子賣菜。人好多，還有警察幫忙指揮交通呢！」

她說，孩子們帶孫子來看她，她殺雞煮飯，忙進忙出的，是她最快樂的時光……

「我這老毛病了，不礙事的。」老婦人說。

女兒皺著眉頭：「媽媽，有病就該治呀！」

女兒向教授請求，幫媽媽辦住院，排個檢查、抽血驗尿、電腦斷層，什麼都好……

教授想了想，向女兒說：「您母親或許是心瓣膜有些退化。或許有一陣子了，有可能會維持原狀，也可能會變壞，有時也會改善。」

接著轉頭對老婦人說：「人到了年紀，有些零件難免會故障，這樣吧，暫時不用做那些。」

「您定期回來看我好嗎？我有這個榮幸當您的主治醫師嗎？」

老婦人點點頭，彷彿看這麼多醫師以來，她第一次感覺有人了解她。

接著教授對女兒說：「你有空也應該常常帶媽媽上街，妳家附近不是有很多購物中心嗎？怎不帶她去逛逛？」「改變一下環境，也讓媽媽稍微運動一下。」

教授的眼神，那麼溫暖，彷彿可以看穿老婦人來到異地的鄉愁、孤獨，和那種被囚禁的苦。

老婦人重展歡顏，雙眼栗子般突然亮了起來，向教授眨了一眨。之後的談話十分順暢，老婦人知無不言。

病歷所有「系統複查」的症狀，都有了明確的＋或－。我一邊修改，一邊暗自佩服教授。

聽說，教授是赫赫有名的心導管專家，「心室造影術」領域的巨人。我認為，他不只擅長判讀病人的「心室攝影」，更擅長讀他們的「心」。

手槍

很多年前在內科實習，一位九十歲病人住院，前列腺癌合併廣泛性骨頭轉移。高燒、低血壓，雖有意識，但只能發出不連貫的呻吟。

住院醫師和病患的兒子討論父親嚴峻的病情，是否同意不要進行心肺復甦術。兒子十分猶豫。

要棄父親不救，兒子有深深的罪惡感，雖然他知道他的爸爸的現狀已經和植物人差不多。

兒子回憶，說有一次和爸爸去安養院，探視爸爸一位動彈不得，整個人好像被縫在床上的朋友時，爸爸告訴他：「當我變成那個樣子的時候，你一定要一槍對著我的頭打下去。」

後來我輪訓神經外科，跟教授的門診。我負責初診，我的功能是給病人彩排一下待會要向教授說的台詞。很多話，他還是要向教授再說一次。

病人是一個四十出頭的男性，某種唸不出名字的腫瘤，一年多前開刀，緩解中。這次是回來複診的。

我們交換了一個禮貌的微笑，他嘴角對稱上揚（至少他的第七對腦神經是正常的）。

我們握了手（右手握力：五分。沒有顫抖。）我們開始寒暄。病人意識清楚，沒有口齒不清。我煞有介事地檢查了他的十二對腦神經（一切正常，以我的程度來說）。

我把病人帶來的CT片子，從牛皮紙袋裡拿出來。按照時序，一張張擺上看片箱，開始端詳。他的臨床一切都好啊，為何片子看起來不對勁？正不知如何啟齒。這時，教授走進來了。

他向病人問了幾句，看了看片子，像辨識出什麼，又一副不足為奇的樣子。用紅色蠟筆，圈出兩處。對病人說：「所以，壞消息。腫瘤回來了，而且是最壞的一種，膠質母細胞瘤。」

教授在病歷上草草寫下總結。不能開刀，化療也省了。他隨即離開，只留下病人和我，我的耳朵還在嗡嗡作響。

病人要怎麼辦？他的妻子怎麼辦？他有幾個小孩？他回家要怎麼告訴孩子，他只剩下幾週的生命？

我看著他，不知道該說什麼，笨拙地把片子從看片箱一張張取下，重新放進牛皮紙袋裡，希望它們從來沒有被拿出來過。頓時，在那狹小的診間裡。我的生命和這個陌生人一生中最重大的轉變時刻，交織在一起……

護理師提醒我，下一個病人到了。該不會又是……當她把下一本病歷交到我手上時，我好像握著一把上了膛的左輪手槍。

事情不是你想的那樣

我在急診實習。某天病人蜂擁而至，狀況特別多。胸痛的、腳腫的、呼吸困難的，紛紛衝著我來，我忙得沒時間坐下來。護理師page我很多次了，說有一床家屬想請我去解釋病情。

我稍早已看過這病人，八十歲老人家，得了一個預後不好的病。能做的不多。應該沒什麼緊急的事呀，至少目前生命現象穩定。病情解釋？我不好說什麼。還是留給主治醫師吧！

我遲遲沒有過去。

Beeper又響了。這是第四次，我有點厭煩，打算去「攤牌」，用最快的速度長話短說，夠了，我很忙，別再吵我了。我只是個實習醫師。

掀開帷幕，眼前這一幕讓我十分羞愧。家屬根本不是要什麼病情解釋。

他們準備了個大型「巧克力蛋糕」，上頭點了八根蠟燭，要為老人家慶生。八十大壽，在醫院急診度過。

他們邀請當天值班的醫師一起慶祝，不管他職級多小（那就是我了）。

「就差你一個，大家都等著你來開動呢！」家屬說。

我所有的焦慮、疲憊、煩躁……隨著巧克力在口中溶化。

年紀變大，我仍然在醫院上班。升主治醫師了。某天，我一邊看門診，一邊查房，還得跑去看照會，病人還一直插進來……不行，今天要早點回家。

「她說是你的老病人。要不要給她加號？」護理師問。

我看到她的名字。忍不住呻吟，心往下沉。人都已經殺到這裡，能說不嗎？我勉強點頭。

李太太是有多重「模糊抱怨」的老婦人。從去年十二月她來看過兩次背痛；兩週後是頭痛和便祕；然後一月有點起風，覺得全身顫抖；兩週前說排尿有一點困難，而且沒有食慾……

但我為她作過的檢查、送出的檢驗，通通正常。

現在是二月。

「您這次又是哪不舒服了？」

我皺著眉頭說：「你不知道，藥吃多了，免疫力可是會下降嗎？」我語尾音調上揚，有點不悅。

李太太把一個棕色的紙袋放到我的桌上說：「我把您的春節禮物給帶來了，醫師，預祝您春節快樂。」

這次她沒事，她只是來道謝的。我感到羞愧，為了彌補她，我花更多時間和她說話。那天我更晚回家。

教訓：「永遠」要對病人好一點，特別在春節前。

事情常常不是你想的那樣。

看到「東西」

在內科實習。「林醫師，512床那病人，剛剛很激動，拔掉了點滴，威脅醫護人員，吵著要出院，你覺得我們要不要約束他？」

把他綁起來？暫時不要。我衝到病房去看他。陳先生，五十三歲，轉移性癌症，伴隨有點意識不清。三天前因為發燒住院。是我接的。

他的主訴是：他看到「東西」。

問病史時，他明顯有點虛弱。說話有氣無力。以前是個工程師，也打桌球。所以和我有得聊，態度還滿和藹可親的。

我幫他打點滴的時候，他稱讚我細心，沒打上也鼓勵我，個性很開朗啊。

我走進病房，拍拍陳先生的肩膀，問他：「怎麼回事啊！昨天不是還好好的。」

他有點困惑問我：「我在這裡到底要做什麼？我想回家。」

「你發燒了，所以要住院查原因啊。」我耐心解釋。

他離了婚，沒有小孩，父母早已不在，又是獨子。沒有家人來看他，沒人跟他講話，他甚至忘記為什麼住院。

我只好對他重新詳細陳述：原來的症狀，接受的檢查和治療……終於說服他再多留一晚。

隔天早上，我再去看他。這次，他又回到那個讓人愉悅的陳先生。

「失敬，失敬。我昨天對你們態度太差了。我要抱歉。我不是有意的。噢！那可憐的護理師，被我兇……」

他說：「告訴你一個祕密，昨天晚上，有人要害我，所以我身上有帶著一支扁鑽，我昨天差點用上它……」

我屏息看著他……

我坐下來，開始傾聽他的故事，了解疾病給他帶來的苦惱，視覺上的幻象。他看到的扭曲世界如此駭人……我不確定，這次我是和「真正的他」說話嗎？

後來他狀況就一直沒有很好。某天我再去看他時，他十分虛弱，眼神迷茫，盯著床邊兩張空椅子凝視。

看到我來，他說：「這次我恐怕過不去了。」

「來，我給你介紹，這是我父母親。」他看著那兩張空椅子對我說：「爸爸媽媽，這位是林醫師，他一直很照顧我。」

天啊！四下無人，他瘋了嗎？是妄想？幻覺？嗎啡打太多？還是腦轉移？計畫再做一次腦部掃描，照會精神科，但是有用嗎？

「我想我的時候到了。」陳先生哀怨地說。

「你看起來還好啊。我們正想再為你多做一些檢查，試一些新藥呢。」我回答。

我不敢看那兩張空椅子。陳先生看起來神智清楚，像仔細傾聽什麼，沉默一陣子正經對我說：「我爸媽要我對你說，謝謝你為我們家人所做的一切。」

我猜，陳先生可能處於某種「譫妄狀態」，打一針haldol（一種鎮靜劑）或許會好一點。

我不知如何回應，這屬於實證醫學外的領域。最後勉強擠出一句：「伯父伯母今天怎麼有空來？」

陳先生看著我微笑，安詳的說：「喔！他們專程來帶我走的。這裡太黑暗了，他們會帶我到有亮光的地方。」

幾個小時後，陳先生在我看不見的家人陪伴下病逝。

折翼的鴿子

我在台大精神科實習的時候，遇到的老師都溫文儒雅。他們輕聲詢問病人、傾聽病人，了解病人的身世和心情，知道他們的困惑與煩憂，幫他們抵擋哀傷，遠離恐懼。

精神科病人不只什麼焦慮、失眠、憂鬱、思覺失調症……還和許多慢性病、家庭衝突、失業、貧窮糾纏不清。

我喜歡老師們低頭沉思，和病人一起努力的專注和溫柔，他們是「全人醫療」的奉行者。

誠然，我在精神科值班的經驗「不太優」。

我到急診協助安撫狂亂的病人，常常不得要領，反而更激怒病人，只好「來硬的」。

我得設法約束病人，為他打上一針鎮靜劑，於是變得跟警衛很熟。後悔沒去上一些「醫護人員格鬥訓練班」的課。

或者三更半夜起來陪失眠的病人聊天打牌。他們會隨時變換遊戲規則，動不動就「冰的」（翻桌）……

這還不打緊。有一次跟門診，一位身材魁梧的病人悶不吭聲走進來，主治醫師溫柔解釋病情，言語間並沒有任何衝突，只是教病人回去要按時吃藥。沒想到病人前一秒還和顏悅色，竟冷不防出重重一拳揍在醫師的臉上。老師的眼鏡掉在地上。鏡片，連同我想當精神科醫師的夢，一起碎了……

然而，我在精神科的回憶不全是灰色的。

我在日間病房遇到一個女大學生，未滿二十，美麗而清秀。

她反覆住院很多次。媽媽說她會拿剪刀往身上刺，身上傷痕累累，和她臉上富親和力的微笑絕不相稱。

與她面談，每天約莫半小時。長她幾歲的我，會講些生活經驗，讀書、打球什麼的，俗爛的反敗為勝故事，試圖把她拉回正常。

她聽得入神，聽完繼續找尖的東西刺自己。

她是如此脆弱絕望，像折翼的鴿子掉落在車道上，沒有未來。

後來我因實習期滿而離開，她的消息也隨之離散。

幾年後，她在醫院走道竟認出我。她看起來神清氣爽，已走出憂鬱的幽谷。

「嗨！林醫師。你還打桌球嗎？我還記得你告訴我如何打贏一個難纏的對手呢！」

她結婚了，有一個和樂的家，先生很疼她。

那隻受傷的鴿子又展翅飛翔了。

人生苦短

他是醫學系三年級生，這學期「大體解剖」是重頭戲。拜醫學進步所賜，他發現大部分解剖的「大體」，都有點年紀。

像隔壁台上是一位九十二歲女性，死於心臟病；後面那一位八十五歲的大體是死於肺癌……算一算，他周圍「大體們」平均都活到八、九十歲。

活得久的大體，都有些特殊的解剖特徵。例如血管內有線圈支架、器官上留下滿目瘡痍的斑點，或歲月磨損造成的組織易脆……等等。

大家都跑來「參觀」他這一組的大體。因為他分到的「大體」，相對年輕，看起來體格健壯，沒有肌肉萎縮，沒有與惡疾苦鬥的痕跡，近乎完美，適合學習。

走得很快，很年輕，只有五十三歲，死因是「膠質母細胞瘤」。

「年輕」和「老邁」是相對的概念。在大體解剖室裡，五十三歲相對年輕，但在他看來，五十三歲還比四十六歲老七歲。

為什麼是四十六？當他看到這位大體的診斷名牌時，好像被雷劈到，震驚得說不出話來。

十年前，爸爸逝世，死因就是「膠質母細胞瘤」。死時才四十六歲。那是一個會殘忍吞噬人腦、迅速翻天覆地的惡疾。

爸爸很快住進加護病房。幾天之後，開始抽搐，這不是好現象，醫師說可能不會醒來了。

「他已經不是他了。」媽媽告訴醫師：「如果他知道，我讓他這種樣子活著，他會殺了我。」

爸爸很幽默、很老實，喜歡帶家人去露營、釣魚、探險，很熱愛生命。他也同意，爸爸不會希望那樣活著。

醫師拿掉爸爸的維生系統那刻，是他人生最晦暗的時刻。他唯一的慰藉是爸爸不必承受「知道自己將死」之苦太久。

解剖位置的拉丁文拗口而難記。考試前夕，拿起圖譜徹夜背誦都來不及，他竟不由得揣想這個「人」的家庭：「他有太太嗎？他有幾個小孩？」「孩子們應該已經是高中生或大學生了吧！」

不會像他當年……當年，他才十一歲……

此時，他不那麼為大體悲傷了。五十三歲。比起爸爸才四十六歲就要面對死亡，已經算是很大、很大的福分了。

人世無常，光陰短促，必須繼續前行。

舊版醫師

越老越相信，了解一個病人，必須從病歷之外的角度，「面對面」熟悉他的職業、家人、嗜好；

越老越喜歡，像「老朋友」一樣，告訴病人我自己的見解和興趣，update 一下彼此的生活。

總是習慣聆聽病人在病歷之外的那些故事，掌握最真實的「病人敘事」。

以簡馭繁，三言兩語交代病況的電子病歷，令我覺得堅硬難以穿透，電腦就像我和病人之間的「第三者」。

我更喜歡那些堆滿檔案櫃，散發溫度的手寫病歷，我是個舊版醫生……

舊版醫師

查房時，我問住院醫師一個病人的實驗室數據，他拿出他的iPad，簽入，開始滑⋯⋯

在他還沒查到之前，他驚訝地發現，我居然能不用查什麼，就說出四個病人三天前的血清鉀離子濃度⋯⋯

對一九九〇年後出生的這一代，「何處可以找到資料」比「資料是什麼」還重要。

他們認為，數秒內可以查到的事，為什麼要「知道」？我再也回不去那個可以電人而後快的尊師重道年代。

我發現自己是一隻恐龍，只是還沒完全絕跡而已。

過年前幾天，管理處給我一個Email，告訴我，我是全科唯一仍在用His2.0（舊版電腦）的主治醫師。

（我是個念舊的人。）

我曾經歷一段不算短的手寫病歷年代。自從有了電子病歷，電腦成為我和病人之間的「第三者」。

（我很氣它破壞我跟病人之間的好事。）

我越老越相信，了解一個病人，必須從病歷之外的角度，「面對面」熟悉他的職業、家人、嗜好……

我越來越喜歡，像「老朋友」一樣，告訴病人我自己的見解和興趣，聊聊彼此的生活，這樣，我就會得到的更多……

看到「報表」上敬陪末座的，我的「劣跡」。要是我年輕幾歲，一定打電話去抗議的。

這些年「電腦」所企圖阻擋我不成、我和病人間建立「深刻連結」所產生的喜悅，終究化解了我的衝動。

某天門診，一位建築設計師鉅細靡遺告訴我他一天的「生活日常」，我聽得入神。

他離去後，我對護理師說：「他說那麼多，應該要向我收錢的。」

她一面理解表示同意，一面微笑對我說：「林醫師你要看快一點，後面還很多人呢！」

病歷

「大腸桿菌泌尿道感染合併敗血症」，我的手機簡訊顯示。這就是這男孩在醫院的唯一辨識記號。堅硬而難以穿透，他已經不能多嘴。

醫學訊息要求以簡馭繁。三言兩語就把病人交代清楚，當然最好。「電子病歷」井然有序，或許可以勝任吧。

可是一旦戰線拉長，醫病的交鋒超過數週、甚至數月，電子病歷提供的訊息就不知所云了。它總結疾病還可以，但不足以捕捉病人的全貌。

病人過什麼樣的生活？我們要成為什麼樣的醫師？

我們的醫療照顧把病人變成什麼模樣？他的生活品質有提升嗎？疼痛減除否？

我們需要觀察在病房之外行動的病人，並且聽到他們講的話。我們需要一些「病人敘事」。

可惜電子病歷上看不到故事。它的功能是把每個疾病都編個代碼（Code），以便向健保局申報費用……

一個許久前看過診的小朋友長大要當兵了，回來找我要病歷。我從大學校本部倉庫借到，應該是所剩無幾的手寫病歷了，在我還是住院醫師的那個年代。

我一頁頁小心翻動，這斑駁而滄桑的回憶，深怕它破碎。

他的童年風雨飄搖，還住過幾次加護病房。我看到好友二十幾年前當實習醫師時在急診的筆跡，那麼果斷，那麼殷切，像現在一樣。

我也看到當時醫學系四年級生寫的progress note，端正而拘謹，現在是某科的當紅炸子雞；我更看到寫過這本病歷的醫師與護士，有的退休，有的逝世，有的則成了另一部病歷上的主角，正在生死線上掙扎。

最後我看到我自己的文字，上頭記錄著現在早已遺忘，但曾確確實實參與病人生命的那一小段旅程。

多寫幾個字，總是好的。

昨天門診來了一位我在二〇〇一年診斷的「低免疫球蛋白血症」病患，那時她才六歲。

她的身體無法自行製造免疫球蛋白。李醫師和我已經追蹤治療她近二十個年頭。方法就是按月注射IVIG。[1]

正處荳蔻年華的她，從事醫療器材相關行業。生活與常人無異，只是還得每個月向醫院報到。

記得診斷之初，我向她爸爸說，別灰心，基因醫學的研究終會找出根治的方法，有一天她將不必再依賴藥物。

但仍不免擔心，這孩子有未來嗎？她能活到我退休那一天嗎？

二十年過去了。這病根治的希望依然像「隧道盡頭的微光」，治療的方式還是和二十年前一樣。但孩子勇敢茁壯，李醫師和我的頭已灰白。

我們照顧她，曾經混亂、曾經遲疑、曾經恐慌，且情況勢必仍會持續。

她的故事並非全然關乎科學，我們更從她身上學到了無價的人生課程。

那是面對人生無法改變的逆境時，人的決心和勇氣。

1 IVIG，靜脈注射免疫球蛋白。

拉下病歷捲軸（現在已經不能用翻的），仔細審思。病人教我們，面對自己人生劇變時，保持樂觀，欣然接受挑戰。

病歷背後的人

病人明天要做「心導管」，我必須確定病人所有「過去病史」都已經「問好問滿」。

我先看了一下病歷，一個四十五中年男性，糖尿病、肥胖、高血壓、高血脂症，加上痛風……

「他不得心臟病才怪……」我在心裡嘀咕。

他是再「典型」不過的病人，即使對我這個實習醫師來說。他的病歷還真的有點厚。他曾經走到末期腎病，接受透析四年，後來幸運接受「腎臟移植」……裡面有許多我看不懂的「術式」和「移植藥物」。總之，他最近心臟功能有點下降。

雖然心裡有個底，我還是得進去病房問一問。

我（自認）很親切的自我介紹並打招呼，可是病人看起來十分遙遠而焦慮。

病史詢問時，他顯得不耐煩，甚至有一點惱怒。

我問他：「了不了解明天要做的手術？」他竟然大聲咆哮。

「你最好別傷到我的腎臟！」

我向他詳細解釋手術的流程，包括會用到一些含碘的顯影劑，他又再次打斷我。

「如果會傷我的腎臟，不如就把我殺了。」

病人如此絕決的宣示，使我懷疑，他是不是患了「憂鬱症」，正不知如何回話時，他又說：「你大概不知道我做血液透析那四年，日子是怎麼過的。我被迫換工作，家人朋友遺棄我，直到我接受腎臟移植，生活才回歸正途……」

我還是很盡職的說明手術可能的「風險」。

他搖搖頭，挑釁的說：「我不能接受任何風險。我寧可死，也不能再讓我的腎臟壞掉……」至此，我已經完全確定我無法完成他的「術前表格」了。

這是我接過第一個病人如此清楚表達：腎臟疾病對他造成的，深刻的身體創傷和心理波折。他的哀傷跟憂慮「信而有徵」。那些待填的「表格」聽起來如此敷衍，顯然無法化解他對「風險」的疑慮。

我有深深的罪惡感，覺得自己不該以「病歷」取人，只給他一些輕率而制式的回應。不要因為病人住了院、穿著「病袍」，就把他看成是某種「病」。別忘了，他也是一個「人」。而「人」，有時遠比你看病歷所能想像的，複雜而難解。

電子病歷

一位阿公帶著孫子來看病。他們是「常客」，孫子有氣喘，規律回來拿藥。我跟阿公也熟了起來。

看完孫子，阿公問我，可不可以幫他掛號，他說他最近不太舒服，也想給我看看。

他有高血壓和糖尿病，本來在內分泌科定期追蹤。最近因太常爽約，掛不回原來的主治醫師。

我說好。阿公遞給我健保卡，我在電腦上操作。我心想，頂多按照原來的藥開給他。

電子病歷有一種好處，看不出病歷有多厚。

阿公上次抽血報告，HbA1C（上個月的平均血糖值）8.2，超標。他的血壓，170／110，也偏高。

「阿公，你的血糖和血壓都不及格。是不是沒吃藥？這樣不行喔。」

阿公說：「對不起，醫師，我是一個很壞的病人。最近我老伴走了，走得太突然了。」

我把目光從電腦螢幕移到他的臉。驚鴻一瞥，這才看到，一張憔悴的臉。歷盡滄桑的臉。目光泛淚的臉。

「平常都是她測我的血糖、量我的血壓，把我該吃什麼藥，整齊排列在藥盒子裡。」

「她生病的時候，換我很用心照顧她。不知道我到底做錯了什麼？她……」

「孩子們都長大離開了。我們有筆積蓄，正要購置新房，安度餘年，沒想到她……生病不到五個月就走了。」

「梳妝台上堆了一山的藥，我老是忘記吃。我哪有心情吃？這一切還有什麼意義？」

我看到一個極度疲憊、眼神呆滯的男人，雙手交疊放在膝上，坐在懸崖邊緣。

我感到驚慌失措，久久不能自已。

沉默半晌，我對他說：「阿公你不要自責，有些病，發現時就很嚴重。你一定要節哀。我猜，夫人在天上一定希望你好好照顧自己，乖乖吃藥。」

阿公哽咽的說：「我太太是很仔細的人。我該吃的藥有四組：起床吃的、飯後一小時吃的、空腹吃的、需要的時候吃的，她清清楚楚。」

「我建議您按照太太的方法，整理那堆藥，你就不會忘記吃了。」我說。

阿公點點頭說：「她在的時候，看到我乖乖的把藥吞下，才放心走開。」吃藥的時候，感覺太太就在身邊。也算是紀念她的一種方式吧？

電子病歷有一種壞處。使你只看「數字」治療病人。

螢幕上看不出，坐在你前面這個病人，他的氣色如何，他過得好不好，他到底怎麼了。

一切都得要你關掉電腦，轉過頭來，看著他的眼睛，好好的聽，好好的問。

突襲

很久沒有孩子拿我的書來「突襲」我了。上星期六又來一次。作為一個提倡「敘事醫學」的老師，我承認看診時花在孩子身上的時間太少。

我是指再挖掘「深入」一點；了解孩子做什麼、爸媽是怎樣的人？疾病帶給孩子的困擾？什麼是他們認為最重要的？

齊一公式的症狀列表使人容易陷入疲憊。只有問點別的，可以打破看診的沉悶和枯燥。

孩子進門那一剎那，給他一聲大大的招呼，去掉姓，直呼其名，試圖尋找共同點，問他住哪兒、學些什麼，給他一個真心的問候。

有時候病人說的一句話，像不知哪裡傳來的一陣花香，引發我繽紛的幻想，使我覺得，這輩子當醫師值了。

所以病童回診時，我會多問一句：「最近有沒有去哪裡玩？」

「回外婆家。」

「在附近公園走走。」

「去小人國六福村玩。」

「去澎湖。」

「去花蓮。」……

我順著線索一路問下去，像當場打開孩子送我的禮盒，裡頭有無限的驚喜。

直到有一位病童說：「哪兒也沒去，在家吃你的藥。而且一點也沒效。」

（是不是該拖出去……）

一位約五歲男童不時探頭進診間問我：「醫師，你欸賽看卡緊欸否？」（台語，意思是你可以看快一點嗎？）

終於輪到他。我問孩子：「我講台灣話，你聽有否？（我講台灣話，你聽得懂嗎？）」

他不作聲。

「恁叨有幾欸人？」（你家幾個人？）

他不作聲。

「你呷飽未？」我再問。

他回：「你呷飽太閒啦。」

媽媽連忙喝止。

他是阿嬤帶大的，啥米攏嘛會曉貢……

病人媽媽說孩子的爸學做紅豆餅（純興趣），看病送來一盒五個：抹茶、紅豆、起司、玉米、芋泥；要我試吃看看。

個個晶瑩飽滿，皮薄餡多。我拿回家，用烤箱烤五分鐘，端上桌，孩子們一掃而光。絕對到達開店水準。

老三說：「下次可不可以叫他多做一點紅豆的……」

醫師不只是開藥者、旁觀者，還會交到朋友、成為一樁美事的參與者……

醫病間詼諧的對話，讓人得到片刻喘息。雖然隱藏在所有笑容下的，是不折不扣的嚴酷人生。

診間永遠充滿不請自來的意外……

每個孩子背後都有一個世界，必須跳脫傳統醫病框架，和孩子一起探索，用微笑找回行醫的感動。

於是我寫了《我願與你同行》。

查房

病房布告欄上，標註每個主治醫師「平日」的查房時間，通常是上午八點，或下午兩點之類的。

我如果早上有門診則下午查房。白天率領醫療團隊，大陣仗查房時，小病人沉默不語，我心中有事，常匆促而簡略。

有一天特別忙，出乎意料的行程，使我直到晚上七點多才開始查。太陽已經下山。病人吃完晚餐，白天上班的父母親都來了，很多訪客圍著聊天……和白天不同的景致和心情，氣氛不再那麼喧囂忙碌，手機也不再隨時響起，「有意識」的活動增加了。

我有餘裕充分反省，有沒有滿足患者父母親的期待？檢查結果的解釋，有沒有不清楚的地方？治療過程中，是否有解除一點他們的苦惱和擔心？

這時沒有學生，我可以「脫稿演出」，和病人分享一些故事或笑話。問問他們，最想念家裡的什麼東西？平常看什麼書？養什麼寵物？

有一位孩子反覆住院，生來就有遺傳缺陷，領有殘障手冊，像一艘在汪洋中飄泊的小船。爸爸跑了，幸好孩子有母親陪。兩人一起在船上。媽媽是船長，孩子是小水手。

航程上風雨交加，一片晦暗，沒有地圖，沒有導引。媽媽堅持守著駕駛盤，徹夜未眠。媽媽的力氣就要耗盡，握著方向盤的手就要失去掌控，船眼看就要翻覆。

只因為船上是她的小孩，媽媽可以在遠方看到一道光，溫暖她的心，使她再怎麼苦也撐下去。

孩子超常住院。病情變壞時，強忍淚水；有些微進步時，歡欣微笑，在旁人眼中，變得有點「神經質」……這大概是所有住院病童媽媽的寫照吧。

昨天輪到我假日查房，必須看全科的病人。對其他主治醫師的病人而言，我是個代理人，也是一個闖入者。

我不能說太多，但我偶爾還是會「亂入」孩子的生活，試圖弄懂他和原來的醫師之間，到底簽下什麼密約。

「醫師，孩子可以出院了嗎？」媽媽問我。

孩子跳到我身上，按按我的肩膀，玩我的聽診器，用無辜的眼神，求我放他走。我覺得可以，雖然主治醫師沒有交代，大概是交給我自己決定。快過年了，外面陽光普照。

有幾個sign可以讓我更放心讓病人出院：

1. 要查的床位是空的。病人活動力好到待不住，到外面溜達去了。
2. 孩子自己拔掉點滴，病床的柵欄必須拉起。在床上活蹦亂跳，用天真無辜的眼神看我。
3. 孩子仍吊著點滴，但點滴上貼滿各式可愛動物昆蟲的貼紙，伴隨媽媽臉上如釋重負的微笑。

只是有時也有例外。

同事交班吩咐某一床病童今天可以出院。

「孩子可以回家過年了喔。」假日查房時，我迫不及待向媽媽提出這個令人感到幸福的建議。

結果媽媽皺著眉頭對我說：「孩子昨天晚上有點咳，胃口又變得不好。醫師求求你，讓我們再多留一天，可以嗎？」

媽媽不在乎過不過年。對她而言，孩子健康的每一天，都是節慶。

查房時，我努力使冰冷的醫院稍稍宜人居住一點。改善的方式很簡單，多做一個檢查，多一句叮嚀，多一個真心的微笑。

尤其是最後一項，大膽施之於住院病人，我從不曾發現在臨床上會有什麼禁忌的。

醫病相互撫慰

一位長期追蹤的氣喘病人回診。

他最近很少犯病，健康情形良好，睡眠飲食和運動都正常。

他說：「醫師，你最近是不是很操勞，怎麼頭髮特別白？」

「真的嗎？」

「嗯。你眼眶有點泛黃，可能是肝異常；你說話有氣無力，心肺功能可能不佳……你睡得還好嗎？會不會感覺胸部有點悶悶的痛？你腰圍多少？我判斷你有三高＋呼吸中止症候群……」

我只好向他坦承，最近作息確實不正常，順便吐吐苦水，現在醫師不好當，疫情嚴峻，還要做研究帶學生什麼的；交換一些生活經驗。

「其實你可以試點維他命加上每天慢走八千步。」他說。

突然角色互換，他變成醫師，原來自己才是百病叢生……

「你好嗎？」在醫院以外的世界只是一種禮貌性的開場白，你並不期待他認真的回答。他不會真正告訴你他怎麼了。

但在診間裡說這三個字，是真心想知道病人好不好。並且準備專注傾聽，然後給予支持。

或許只是頭痛、一個膝蓋腫脹、一點心悸……只要有點好奇，往往病人會把他的人生和盤托出，超過一個器官的範圍……他假定我關心的是他「整個人」。久而久之，這樣的醫病互動會變成雙向，互有往返。病人會問我是不是很勞累，工作順不順利之類的。

於是我會聽到：「醫師，你還好嗎？」

其實我是醫師，怎麼會不知道自己好不好。醫病間隱然有一條屬於專業的界線，但當我對一個病人很熟的時候，他會偶爾逾越這條界線。

那時，我不但不會覺得突兀，反而會感到一種溫暖的連結，不自覺把自己的事情掏心掏肺告訴他。

在我眼前，病人不只是一堆症狀的組合。病人看我，也不會只是知識與技能的供應者……確實，有時候會覺得自己不正常。我懷疑的看著周遭的人：生活那麼艱難，他們怎都沒有察覺？

我依然看診，依然愛我的家人和工作。但我知道自己在硬撐，越來越不能勝任。感覺一事無成。

此時最好的處方是：一直守在病人身邊，傾聽並一起凝視苦痛。有時候我給病人的「藥」，會反過頭來救了自己。慢慢的，病人緩解了我的憂鬱症。

老人

幾年以前的一個星期天，全院僅存的假日兒童門診。一位老伯遠道而來要求加號。除了急診，沒有別的診可以掛了，有點勉為其難。

「這是兒科，他不知道嗎？叫他改天再來吧。」

診間外頭傳來一陣爭吵聲，護理師說老人執拗，堅持不肯走。

「那就看吧。請他先進來。」他拄著拐杖，步入診間，緩緩坐定。

他約八十，鬍鬚盡白，看起來有點虛弱，有點喘。

顫抖的手從口袋拿出證件，我得用健保卡先幫他掛號。

他四十歲前的病歷大致很稀薄，西線無戰事。慢慢問題多了起來，肥胖、高血壓、關節炎……

在人生的下坡路上聽到幽微的鼓聲，然後，疾病就一個堆疊在一個之上，尿毒症堆在糖尿病上；腫瘤堆在退化性疾病上……

總之，我有不祥的預感。來者不善，他不會有什麼快樂結局，每翻一頁心就往下沉一點……

結果出乎我意料之外，老伯的主訴只是最近視力有點減退，使他再也無法閱讀。

那是他唯一活著的樂趣，他說。

雖然有點濁重的鄉音，但他還滿元氣的。

眼科醫師先前看了說是白內障，要確定心臟沒問題再幫他開刀。

胸部X光和心電圖已經做了，他來找我看報告，並問我有沒有什麼可以增強心臟功能的良方。

我殘存的內科知識還算管用，暫時沒什麼大礙。他那些慢性病，目前沒有立即而明顯的危險。

「我希望當我活到您這個年紀時，心臟和您一樣好。」我對老伯說。

原本嚴陣以待的，結果只是舉手之勞。

聊開之後才知道，他的家鄉回不去了。

他是國共內戰後退守台灣的老兵，孑然一身，風燭殘年。

生命中無可避免的衰老與傷痕，總有難以承載的時刻。

他沒有家人。

他做過保全、守衛、臨時工、開過計程車，但沒人在乎他的生死。

他的老境，注定堪憐。說到激動處，眼眶中有淚水在打轉。

幸好我沒讓他白跑一趟。老伯暫展歡顏，起身和我握手道謝。

我目送他以蹣跚的步履走出診間……

這老伯掛我的號，他心目中的「醫師」，是沒有科別的，而是一種更寬廣的定義。

他更讓我知道，醫師幫助病人的方式不只是「診斷」和「開藥」。

有時候病人要的，可能只是一個疑惑的釐清，一個訊息的確定，和對他眼前困境的一種體認和同情。

單純的善念，可以越過年紀的框架，在冷漠的世代，給病人一些額外的溫暖。

看診是種不設限的等待，等待被震驚，等待奇遇撞進我的生命，等我老了以後，化成片片回憶，輕叩我的腦門……

加掛

一位長年帶小孫女來看我的阿嬤，每次來我都覺得她病得不輕，比她孫女還嚴重。可是成人科全部滿額，她掛不上號（我的診不會滿，但我不會看）。

某個孤立無援的週六下午，我在電腦上幫她「硬是」加掛了一位已經滿額的「某科」醫師。

過幾星期阿嬤跑來謝我，說她好多了，可是那位醫師當她的面「唸」了我一下：「難道不知道我限號嗎？」

病人已經在眼前，醫師終究還是看了她。

我打電話向那位醫師承認自己的莽撞，應該事先知會的，我深感愧疚。

孩子看久了，我越了解病人家屬，有時候他們把我看成一位可以信任的朋友。

我感到榮幸，所以當他們有求於我，拒絕真的說不出口。

但，一陣惶恐襲來：「我到底已經得罪多少人？」深深體會，醫師定期跨科聯誼的必要性。

還好事情並不如我想像中晦暗。

過一陣子，我又遇到一位家長，也說電腦全部額滿，希望我能讓她「加號」，她希望讓我看診。

她的主訴是附近診所說她有個十公分大的骨盆腔腫瘤。

我大吃一驚，問她這是多久以前的事。她說：「好幾個星期了。」

「天啊！你怎麼等這麼久才來？」我皺起眉頭。

她說：「我這個人不愛看醫師，上次看病是七年前生小強的時候。」

小強正是我在門診追蹤的小病人。

我火速打給一位我認識的「婦產科」學弟。

「聽說你額滿。有一位『朋友』想加掛可以嗎？」

學弟果然不是不通人情的人……

「這是癌症嗎？」（機會不小）

我告訴這位家長：「我有點擔心。你需要看一個婦產科醫師，他會為你安排一些檢查、切片……」

我說：「請放心，往後的每一步，任何問題，都可以回來找我我……」我不會看，不代表我不能幫忙。

學弟果然不負所託，迅速為她安排手術，手術當中，冷凍切片的病理報告一出來，學弟立刻打電話給我：「Thank God。我沒看過那麼大，卻是良性的卵巢腫瘤！」

手術順利。她恢復良好，追蹤多年，一切無恙。每次她回診，必定捎來病癒的喜悅與感恩，眼睛閃爍著淚光。

刀是學弟開的，人是學弟救的。但她親自烘焙的糕餅，學弟一份，我也有一份。

爾後病童家長有婦科問題問我：「看誰比較好？」

我毫不猶豫推薦學弟。把病人託付他手上，就像把球交給「李維拉」[2]一樣安心。

[2] 李維拉（Mariano Rivera）是洋基棒球隊史上最偉大的救援投手。

乖孫也要當醫師

剛過四點半，門診結束，本不接受加掛的。診間接到一通電話，護理師說，一位阿嬤想帶孫子給我看，問可不可以加號。

說遲到就遲到，想掛號就掛號，真是……我在心裡嘀咕。

本來想叫他們去掛急診，最後還是把電話接過來。那頭是個熟悉長者（其實沒大我多少）的聲音。

「請給我病歷號碼。」算了，還是看吧。

我在診間的電腦上幫孩子加掛。原來是追蹤一陣子的小病人，不知何故，最近失去聯絡。

看到人我就想起來了。每次都是阿嬤帶著孫子來，他們住得有點遠，行色匆匆的。

阿嬤說：「林醫師，對不起來晚了。因為我生病住院，孫子在旁邊陪我，沒辦法帶他來，錯過了上回的約診。我昨天才出院。」

「醫師，我這乖孫在附近診所看很久，都沒好。你知道嗎？他竟然對我說，『帶我去看林醫師，一次就好了。』」

「他聽說你要看他，從樓上用衝的跑下來耶。」

「每次好像都是您帶他來，」我好奇的問：「他的爸爸媽媽呢？」

「我兒子很不負責任，去南部工作，很少回來。可憐哦，他的媽媽生病很久，幾個月前過世。」

阿嬤看來病得不輕。這陣子夠她受的了。她瘦弱蒼白，臉上紅斑怒張。

「過去這幾年我衰弱的身體已經給醫師添太多麻煩了。」

重大傷病兼低收入戶，還得獨力撫養孫子……說著說著，阿嬤悲從中來，老淚縱橫。我趕緊遞衛生紙給她。

我有點自責，這對祖孫已經來很多次，怎麼都不知道他們的生活狀況。

「阿嬤您是生什麼病？您還好吧？」她看起來更憔悴了。

「紅斑性狼瘡呀。我經常住院，已經洗腎五年了。」阿嬤一邊拭淚一邊說。

我應該猜得到的，阿嬤的臉上有不典型的蝴蝶斑，她的指端發紫，是SLE的雷諾氏現象。

我問她：「是哪位主治醫師看的？我們和成人風溼免疫科兩週開一次會。我都熟，或許可以關照一下。」

她答：「×××醫師呀。他人很好，住院時他每天都來看我兩次，我這病不好治，但是他和藹可親，善解人意。」

「和你一樣。」她破涕為笑……

檢查完畢，我摸摸孩子的頭，他指著我繞在頸上的聽診器說：「可以借我看看嗎？」

我點點頭。

「乖孫很用功，數學很好。」阿嬤說：「他說他以後也要當醫師呢。」

此刻阿嬤驕傲和滿足的神情，我永生難忘。

還好沒叫他們去掛急診。

換證

證照六年要換一次。我換了三次，我當主治醫師已經超過二十五年。這是參與一場場醫學會演講，沉厚堆疊起來的成果。

以前都是沿用十幾年前照的大頭照。這次我換一張近照。感覺比以前，世故而蒼老許多。

我笑著對學會祕書說：「你的意思是說我必須再忍受這個照片六年？」她說：「別擔心。過個三四年你就會覺得這張照片照得還蠻好的。」

下次換證前，大概就差不多要從醫學中心退役自行執業了。新裝潢好的診間牆上。掛些什麼好呢？

除了這兩張證照。我的住院醫師，fellow訓練證書，優良教師，傑出研究獎章，參加醫學會留念照，全國醫師盃桌球賽獎狀……通通掛上去。那得是一面很大的牆。

病人瞥見牆上這本偌大如百衲被的剪貼簿。會像是醫生在他耳邊低語關於自己的故事。

我書桌右邊的第二個抽屜，收藏了許多小病人和他們的爸爸媽媽送我的，親筆寫的信，卡片，親手做的小禮物。

平常我很少碰這抽屜。和其他醫師一樣，我全心應付醫學的挑戰與壓力，和它帶來的興奮與挫敗。

二十五年過去了。我回首前塵。我想到的只有：不盡如人意的診斷與治療，憤怒不滿的病家，重複枯燥的行政……

病人治好了就分道揚鑣；醫院不會在乎少我一個；我教的學生聽進去多少？我茫然。懷疑自己到底做了什麼。去日苦多。感覺自己逐漸熄滅。

最近。我心血來潮。打開右邊第二個抽屜。端詳裏頭每一物件。一個個過往病人的回憶。鮮活的迸現：

有一張卡片。是一對長年追蹤的可愛姐妹病患的父親寫給我的。

他的經濟條件不好，娶了個外籍太太，一家人總是和樂融融，遵照我的預約出現在診間。

有一次我發現爸爸日益消瘦，就幫他掛號看同時段的內科。後來孩子病情穩定，爸爸看起來氣色卻愈來愈糟。

我勸他住院。他終於聽進去。我到病房去關照了幾次。主治醫師問：「他是你的誰？」

最後一次他帶孩子來。孩子已經好到不需要再預約：「謝謝您到病房看我。」

兩個月後，這位父親病逝。我感到羞愧懊惱，這些年我從未與他作深入的交談，現在我連他的名字都不記得了。

多年以前，一個年輕的媽媽帶小嬰兒來看我。主訴是四肢和臉長了些疹子。懷疑過敏。

不是病毒疹，就是過敏性濕疹，通常小baby放在母親膝蓋上看即可。

不知怎的，我心血來潮，想看看身上有沒有疹子，我要求媽媽把baby放在診療床上。打開衣服，解開尿布。

嬰兒笑意盈盈，任我擺佈。當我不經意把手放在baby的肚上時，大吃一驚。

我摸到一個很大的腫塊，佔據了baby左腹的半壁江山。迅速轉給外科接手，後來病理切片證實是「威姆氏腫瘤」。

六年後，媽媽帶著一個健康的小學一年級生來看我。和我合照。我看著那張我當年不經意幫到忙的那位小男孩照片，滿心歡喜。

我的記憶和病家的「餽贈」略有出入。有些卡片上寫的事蹟，我已不記得了。有好幾封信是孩子長大多年以後，家長才寄來的。

我樂於相信他們的描述。二十五年來，的確有事情在發生。我曾影響了某些人，英勇的闖進了某些人的生命，並改變了些什麼。

我感受到，除了疾病，生活中仍有朝陽落日，仍有遠方的朋友來訪，仍有親密的人離去……

睹物思情，我感受到一種「觸摸得到」的快樂。眼前一寸一寸亮了起來。

我看得熱淚盈眶。助理敲門走進來撞見。問我：「你怎麼了，身體不舒服嗎？」

我回答：「我很好。沒有比現在更好了。」

真的，我也不確定

我們博聞強記，考過證照，以為這樣就足以應付一切，病人的問題到我們手上都會迎刃而解，其實不然。

行醫難免碰到撲朔迷離的狀況，要做一些模稜兩可的決定，甚至犯一些錯誤。

醫學這一行，唯一確定的事實，就是「什麼也不確定」。不能只打穩贏的牌，有時必須勇敢作稍為樂觀的判斷、寬鬆的解釋，把病人放回去，然後祈禱……

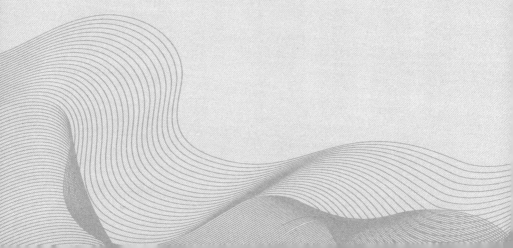

腸病毒？

某天傍晚，我接到病房住院醫師call我，關於一位昨天住院的病人，問我如何處置。

急診上來時候的診斷是「腸病毒」。

「早上查房的時候還好好的啊。」我回想。

但聽值班醫師在電話裡描述病情，孩子高燒不退，血壓「不太穩」，疑似有「肌躍動」情形，懷疑是腸病毒重症。

「要不要轉加護病房？」值班醫師在電話那頭問。

我正與好友在北投餐敘。我心想，病人該不該下ICU，值班醫師應有能力判斷吧。

我只好「保守」的告訴他，根據你的臨床技能判斷，如果你覺得不放心你就轉吧。

過了半個小時，醫師沮喪來電，病人拒絕住加護病房，病人想AAD（自動出院）。

「我已經開好轉診單讓他去部桃（衛生福利部桃園醫院）了。他們要求的，向老師報告一聲。」

我的直覺，事有蹊蹺，我得弄清楚。

我從安樂椅上跳起來，開車直奔醫院。

病人住在單人病房，我敲門進去，有禮貌的問候，家屬看到我來，態度明顯軟化。

我仔細檢查了孩子的心跳、血壓、身體每個器官。

孩子沒燒的時候，精神尚可，只是食慾不好。哪裡需要住到加護病房？

我替住院醫師緩頰說：「如果孩子懷疑腸病毒重症，到加護病房觀護一兩天比較放心。」

「這孩子不肯片刻離開我，哪肯去住加護病房？上次住院也是這樣，醫師懷疑腦膜炎，堅持要她住加護病房，結果孩子回家一直做惡夢……」

「而且這幾天你們的表現也太兩光了。」媽媽說。

喔？家屬心中似有無限事，可能願意對我開誠布公，我看到了一線曙光。事情或許有轉圜。

原來，事情是這樣。一個月黑風高的夜晚，爸爸媽媽帶著一歲多的女兒到急診。主訴是發燒兩天，沒有呼吸道症狀。

小小的發燒，對新手父母而言，像天塌下來一樣可怕。

兒科急診人聲鼎沸，住院醫師應接不暇，有時候說話看病用直覺反應。

通常遇到沒有症狀的高燒，想兩件事，玫瑰疹和泌尿道感染。

玫瑰疹要等時間驗證，泌尿道感染可以用迅速驗尿來確診，住院醫師選擇後者。

小小baby要貼尿袋，等到她尿出來，曠日廢時，也是痛苦的折磨。

終於，報告出來了。小朋友的尿不算正常，但白血球不多，有些血尿。wbc esterase1+。

可能是「泌尿道感染」，也可能不是。先回家觀察兩天，急診醫師說。

懷著忐忑的心，父母抱著孩子回家了。但是孩子還是持續高燒，第二天又抱回急診。

第二位急診醫師檢查了咽喉耳朵，告訴爸爸媽媽，孩子可能患了「中耳炎」，開了抗生素，及一些咳嗽流鼻水的藥備用。

孩子哪肯乖乖吃藥？媽媽邊哭邊灌，以為就會慢慢好起來。不料高燒繼續。第三天，他們氣急敗壞再把孩子帶回去急診。

通常到了這個節骨眼，住院成為很自然的選項。這次，醫師在喉嚨深處看到兩個可疑的潰瘍，下了「腸病毒」的臆斷，辦住院。

再來就是早上我的查房了。媽媽要求我仔細看她喉嚨跟耳朵，我現在知道為什麼了。

孩子牙齦明顯浮腫，還在發燒。我判斷可能是「單純皰疹」的感染。這成為短短三天內，在同一家醫院，父母親聽到的第四個診斷。

聽起來所謂的「肌躍式抽動」，發生在睡覺時，短暫的，次數並不多，聽起來像驚嚇反射。醒著的時候都還好。

所謂的「血壓量不到」，忽高忽低，有可能是孩子不合作，肢體亂動的結果，尤其是這孩子，這陣子夠她折騰了……

我努力說服雙親留下。

我問他們：「您們曾經到過部桃嗎？」

沒有。他們從來沒去過那裡。孩子沒在那裡看過病，住過院。

你就知道他們有多絕望，一心只想離開這個地方。

我突然有種一定要把孩子照顧好的決心。我仔細跟父母講解「腸病毒」跟「皰疹病毒」的不同，並安慰他們：醫護人員和我，會仔細觀察。

「暫時不用到加護病房。我先開抗病毒的藥給她吃，相信會好一點。」父母親不約而同點點頭。

隔天早上，我再次走進病房，孩子沒抽搐了，有精神多了，燒也退了，牙齦還有點浮腫，確實有點像是皰疹病毒的意味。

我仍然戰戰兢兢，不知道孩子的下一步會怎樣。但是和父母親的這番對話，讓我知道，要永遠保持好奇，多問幾句是對的。

你會發現，病人狂亂不講理的背後，有個無可厚非的理由。

事情可以不必走到「公然決裂」這一的。

只要你肯「移駕」、「耐煩」，並張開眼睛檢查，張開耳朵用心傾聽。

不確定

好友是急診科主任。某天接到一位從區域醫院轉來的小妹妹，雖然精神還好，但發燒併意識改變，他覺得「不對勁」，簽她住院。媽媽還有點不願意。

不料，孩子病情急轉直下，不到十二小時，就轉加護病房。

媽媽一直問：「為什麼會這樣？為什麼會這樣？」

還好他送得早……在醫病關係緊張的今天。

這是主任在兒科最前線二十多年練就的直覺，第一眼的印象就能判定，孩子會不會「變壞」，準的很。

我自嘆弗如。

這孩子換了是我看，說不定就在急診CPR了。

這沒什麼好丟臉的。行醫難免碰到撲朔迷離的狀況，要做一些模稜兩可的決定，甚至犯一些錯誤。

有一次，一位父親帶著孩子來找我看診，爸爸自己已燒了七天，還伴隨背部疼痛。

他告訴我，急診開的止痛藥一點用都沒有。

我簡單為他做理學檢查，發現他頸部有點僵硬。

「你的脊柱可能有點問題。」我憂心的說。

他半信半疑。他還要工作，不想請假，而且我也不是他的醫師。

我解釋，這可能是中樞神經感染什麼的，掛急診檢查一下比較好。

「醫師，你百分之百確定這個有生命危險嗎？」

我搖搖頭，不想說謊。醫學上很多事我從來都沒確定過。

「至少回急診打一針什麼的，疼痛比較能控制，你也比較能上班啊。」我想我言盡於此。

過幾天，神經外科醫師打電話給我。

「你上回轉診的一位病人，證實是硬腦膜外膿瘍。」

「兩個禮拜前我們曾看過他，照過片子。那時候沒事。還好你有建議他到急診，及時開刀，否則現在可能下肢癱瘓了。」

從醫學院我們就被要求完美，要做就做「最好」的醫師。

可這樣的生活，一直有點洩氣，有一點險象環生，以及越來越多無言以對的時分……

我現在知道，我做不到。或許我們該追求做一個「夠好」的醫師就行了。我們博聞強記，考過證照，以為這樣就足以應付一切，病人的問題到我們手上都會迎刃而解，其實不然。

年輕時遇到很多挫折，感覺似曾相識，曾經這樣跌過一跤，使自己往後走的路更謙卑小心謹慎。

最怕聽到同儕對我說：「你還記不記得看過一個病人……他現在又回來了。」此時內心便開始鬼影幢幢。

病人像座山，山在虛無飄渺間；像瞬間移動的光影，隨時換位。病人眼神飄忽，讓人難以捉摸。

醫學實務像「火網交叉」。

有時候醫師太忙、太累、太不放過自己，稍不留神就被流彈射到，引發無限的自責與懊惱。

其實這只是一種無可避免的統計學。

醫學這一行，唯一確定的事實，就是「什麼也不確定」。不能只打穩贏的牌，有時必須勇敢作稍為樂觀的判斷、寬鬆的解釋，把病人放回去，然後祈禱……

病毒感染

醫師當久了，必須與一種令人厭惡的「不確定」和平相處。有些病人的症狀不典型，和教科書上的診斷對不起來。

「可能是某種病毒。」我安慰家屬。

病房曾經有個「謎樣」的病人。十三歲女生，關節炎、皮疹、肝腎功能不正常……作了一堆檢查，找不出原因。

她持續高燒，肝腎功能持續惡化，身體到處積水。我為她作更多的檢查，自體免疫、淋巴球亞群、骨骼掃描，甚至核磁共振，跟電腦斷層……

我請別的「專家」來看她。每次的照會都是冗長的討論，大家七嘴八舌，莫衷一是。而她的病情像八點檔連續劇，峰迴路轉……

醫者的心情隨之起伏，時而振奮，時而沮喪……

住院約兩週之後，我查房首次看到媽媽的微笑。孩子的肝腎功能改善了，燒慢慢退了，發炎指數降了。過幾天她就回家了。

別人問我她的病因是什麼？我托著腮幫子，說：「可能是某種病毒吧。」

我也碰過一個得一次感冒以後併發「腎病變」的男孩。高劑量類固醇、利尿劑、降血壓藥物、化療藥物什麼都用上了。

他像個「米其林」寶寶，生活很悲慘。我覺得他有可能會步上洗腎一途。

後來他自己把所有的藥都停了，竟悠然好轉。現在是一個英俊挺拔的大學生。

他說：「要自立自強，不能老依靠藥物。身體經過烽火的試煉，免疫系統才會變強大。」

診間病患對他們疾病的診斷，常有痛苦的反思，會問我：「醫師，為什麼我會得到這個病呢？我以前從來沒有這種情形啊！」

老實說很多時候我也不知道。

「可能是某種病毒感染吧！這樣的情形，通常預後不錯。」我補充。

遇到有些追根究柢，不能容忍任何「曖昧模糊」的病人，我只好說：「這是上天安排好給你的考驗。」「這是上帝的旨意。」云云。

過年期間，被太座「押」到附近的竹林山觀音寺拜拜。。信眾駢肩雜沓，把整個寺廟擠得水洩不通。連安太歲，也要抽號碼牌。

我把香舉得高高的，隨著人群波浪，載浮載沉。

我感覺身體狀況一年不如一年。眼睛花了，體力也不行了。關節莫名其妙痠痛。分不清是懶散，還是「衰弱」？

年一過往，尤其要擔心「死神」在眼角餘光處的兇狠瞪視。許多戰友的倒下，不是偶然。所有的臨床檢查跟實驗室報告都正常，也不代表就沒問題。

到了這年紀，我的經驗，「危機」大部分都不是「轉機」。前一刻還好好的人，會莫名其妙因為一個突兀命運而毀滅呢。我還不夠聰明，診斷不出我這是什麼症候群。我想，我只是逐漸變老。

或就是某種病毒感染吧。

廟的中庭，香煙裊裊，金碧輝煌的建築，祈願卡擺滿了供桌，真是眾神匯聚之處。

天啊！一片黑壓壓的人頭，一定很靈。人間美好。

PALS訓練

最近我全程參與了兩天的PALS訓練課程。感謝吳昌騰主任、黃一安醫師、張明瑜醫師、張鄣榮醫師的熱情分享，我收穫良多。

我的感想是：

PALS課程的目的不只是教我們如何對孩童進行CPR，也在迅速辨認出正在傾頹的小生命，避免他們走上「急救」的慘烈戰役。

我常常擔心。看我門診的小朋友，當時還好，回家狀況卻迅速變壞，回來急診時已經積重難返。

上了這兩天課，四位講師告訴我，不同階段的兒科疾病，果真變化莫測。要預測哪一個孩子病情會變壞，有一點像在比賽途中，預測誰是一萬公尺長跑比賽的贏家。

有時候，一位參賽者始終領先群倫，到最後一圈才被追過。

有時候，在全程二十五圈裡面的前二十四圈半，會有一群參賽者不分軒輊的跑在一起。

直到最後兩百公尺，才有其中幾位脫穎而出；到了最後三十公尺，才可能知道誰會贏。

上呼吸道感染幾個小時後可能變成腦膜炎、消化不良可以是心肌炎的前兆、肚子痛變成酮酸中毒、急性腸胃炎一下就成了盲腸炎……

明哲保身的做法，是把每個都收住院觀察。但那樣不行，醫院再多床位也會爆掉，尤其是疫情高漲的今日。

上了這些課，我可能可以更熟練辨識出「高危險病童」；也更清楚，哪些不可能是。

可是有時候理論歸理論，實務上還是要因人而異，因時制宜。

十幾年前我值兒科急診，某天晚上約十點，遇到一對父母親把行李都搬來了，因為診所醫師認為孩子要住院。

有上過PALS的課，黃金三角評估：孩子外觀正常，呼吸順暢，膚色紅潤。還會跟我玩。理學檢查，照X光，抽血檢驗也無異常。

這樣要住院？別鬧了。我很忙，我還有病人要看。

我極力向父母解釋，暫時不用住院，回家好好觀察即可。我口中唸唸有詞，一邊怪外面的醫師胡亂轉診，一邊勇敢的驅退病人。

過一陣子，他們家族全員到齊。其中有個身材魁梧的男人，向我點頭示意，眼神裡有種說不出的肅殺。

讓我想起《險路勿近》（No country for old Men）裡的殺手齊哥（哈維爾巴登飾）。

「這孩子需要住院。」這位「朋友」說。

「我知道了。」我說：「醫院細菌很多，孩子能在家裡吃藥觀察，不是很好嗎？」

「她需要住院。」這位「朋友」說。刻意把手指關節折得喀喀作響。

「來。媽媽。我教你怎麼在家觀察孩子。」我避開這位「朋友」的凝視。把眼睛專注在媽媽臉上，可惜她看來已失去自主權。

「她需要住院。」這位「朋友」又說，態度堅定。

他逐步逼近我。整個家族成員也是，他們的臉龐越來越巨大。整個診間萎縮得寂靜無聲。

好吧。

「一個短期的住院療程可能對她有幫忙。」

「或許開業醫師的第六感是對的。」

「孩子藥餵不下去。」

「為孩子好。」

我這樣想：我們是兩個善意的人，活在混亂的世界，試圖幫忙彼此擺脫共同的困境，做正確的事。

大約有十五秒，他不發一語，嚴肅瞪著我。十五秒鐘，已經夠他尋找，我臉上是否有任何一絲細微表情，透露出輕蔑或欺騙……

我迷途在叢林沼澤裡，摸索一條半隱半現的石頭小徑……

醫學上總有進退維谷，左右為難，PALS也無言以對的時候。

同一陣線

我當住院醫師的時候，接了一個「頸部深處感染」合併敗血症的男孩。我們試了許多抗生素，但是不見效。

大概是醫學中心的關係，來到這兒的好像都是我無法參透的病人，病情總是那麼費解。父母和家屬總是問：「孩子會好嗎？」「我們什麼時候可以回家？」

「我們準備幫他換另外一種更強的抗生素。」

「或許是我們還沒選到對的抗生素，你知道，有些細菌會產生抗藥性……」

我故作鎮靜的安慰家屬。

心裡想的是：「我怎麼確定，這真的是感染？」

過幾天，更多主治醫師來看孩子，更多的檢驗報告出來了，仍然沒有答案。孩子依然發燒，精神不好。

自己據以看病的理論和邏輯在鬆動，有些狀況無法解釋。我如履薄冰，而腳下的冰塊在融化。

我訝異自己的無知。我硬著頭皮，單槍匹馬前去告知病情，預期會挨罵。走進病房。映入我眼簾的，是一位淚流滿面的爸爸，坐在床沿，深情凝視自己沉睡的孩子。

他徹夜未眠，眼睛充滿血絲，擔心失去稚子的憂愁、哀傷、無助，寫在臉上。

「為什麼給了抗生素還不見效？」爸爸問。

當下我很想向爸爸承認：「我不知道。」

這四個字真的很難說出口。說出來，等於自己篤信的醫學撞了牆，等於承認我知識的極限、我的無能。

病人和家屬期望一個明確的答案。他們認為現代醫學可以做到。如果我說了「不知道」，他們會非常的失望……

他回頭望我。我望著他。他的眼神突然變得非常犀利，彷彿看穿了我的脆弱。

我們都是孩子福祉的代言人，我和他一樣在對抗不知名的巨大困境，害怕「失控」的感覺。

說。

「難為你了，醫師。」爸爸說。

「讓我們一起努力，相信孩子會慢慢好起來的。」我拍拍爸爸的肩膀輕聲說。

我的聲音不再顫抖。他默默聽受，點點頭。可以確定的是，我們站在同一陣線上。

醫師不是神，至多只是個星象學家，不可能判斷、做對每件事。誠實地說「我不知道」吧！其實你無法預測明天是天晴還是下雨，未來會轉好或變壞。

只要懷抱希望，這句話會帶來理解未知的動力，神奇的治癒魔力。

後來孩子真的慢慢好轉，燒也退了。

他是怎麼好的？我不知道。

血管瘤

在我門診追蹤的一位氣喘小病人，出生時臉上有一很大片的葡萄酒色痣（血管瘤的一種），幾乎涵蓋了半邊的臉。

媽媽說，孩子剛出生時，她到嬰兒室，一邊餵奶，一邊掉淚。

孩子成長的過程中，其他人看到的第一個反應：瞪大眼睛，屏住呼吸。

帶孩子走到公園或超商，路人交頭接耳，指指點點。

朋友或親人總會問：「你懷孕的時候吃了什麼東西？」

「你會不會給他曬太多太陽？」

「這麼大片可以手術嗎？」

……

孩子打疫苗和生病看病時，兒科醫師提都不敢提，只顧低頭寫病歷、填表格，或把頭轉向電腦螢幕，避免眼神接觸。

「有家族史嗎？」比較認真的醫師會這麼問。

她心想，可能有吧。孩子有個舅舅年輕時走了。

「要不要把父母兩邊家族的人都抓來抽血？孩子的症狀有可能得到解釋。」

她搖搖頭，孩子一切健康正常。皮膚上的斑塊可以去除，遺傳學上的標記不能被抹滅。

孩子送托兒所，經常感冒生病。每次孩子看不同的醫師，她就要再被問一次同樣的問題，心就再往下沉一次，一再地被提醒：

可能是自己帶了隱藏的壞基因給兒子。是自己帶了隱藏的壞基因給兒子。就是自己帶了隱藏的壞基因給兒子……

這些年，沒有人說什麼，但她感覺，丈夫有意無意疏遠，婆婆話中有話。她成為「十手所指」的標的，倒沒關係。苦的是，她陷入深深的自責。

孩子是她生的，她只能概括承受：是因為自己的關係。一切都是她的錯。沒別的法子。沒有別的解釋。

她無法改變孩子身上的DNA。丈夫再怎麼不愛她，她愛她的小孩，她絕不會放棄成為她可愛孩子的母親……

一位年輕的醫師看了孩子的臉，不知道怎麼安慰她，只好說：「我有見過更糟的。」

還有一次孩子高燒掛急診，檢傷人員看了看孩子，一臉驚恐，懷疑這會不會是嚴重的燒傷？立刻讓孩子插隊看醫師。

她帶著孩子遍訪名醫，有的說這不會好了，有的說長大後可以試試雷射，有的說可以搽點粉作點「偽裝」……

因為工作關係，她時常搬家。每到一個新社區，面對新鄰居，就會遭逢新的異樣眼光。

她重新開始無止盡的解釋，只為了讓孩子得到正常的對待。

媽媽說她最難忘、最感激的，就是孩子出生後幾天一位訪客看見孩子說的第一句話：「恭喜你。」

其他訪客一看到孩子都滿心遺憾，忘了恭賀她生產的喜悅。所有的人包括她，一直在意孩子有缺陷的那半邊臉，而忽略了孩子另外一邊漂亮的臉。

她非常感謝那些把她孩子當成「正常」小孩對待的人。

在我的門診追蹤，孩子氣喘症狀逐漸改善。後來孩子接受了雷射治療。病灶的顏色變淡了，不那麼明顯，有點灰白相間，總之是好多了。

問我該怎麼形容現在到底像什麼呢？

我會說，那像是得麻疹或者是水痘留下的痕跡。這很常見，長大會慢慢消失的。

精神疾病無法剝奪的

有一位病童的祖母，六十幾歲的婦人，四十多歲時被診斷為「思覺失調症」，她始終拒絕治療。

「你們愛寫什麼就寫什麼。我百分之百殘障？反正我知道自己沒有瘋。」她說。

「我的神經可能有點問題，可是我不笨好嗎？我的腦袋正常，休想要下藥毒我！」

她看到毛毛蟲、她感覺有蜥蜴在身體裡面爬……她有許多幻聽和幻視，但她不以為意。

她的邏輯有點怪異，但還算靠譜。

例如她說：「你們醫院都把病人當小白鼠作實驗。」（有時候我也不能完全否認。）

「對不起，醫師讓我多說一點。」

她察覺出我和她相處的不自在，識破我想要把會談「速戰速決」的企圖。

雖然她偶爾也會狂亂起來，但不至於到翻桌打人的地步。

「噓……」她常會靠著我的耳朵，告訴我一個祕密，輕聲說她看到的「異象」是一種「天啟」。

她看出，我不是「那一科」的人，不至於對她不利。

她的「被迫害妄想」戰犯名單裡沒有我。

書上說，「思覺失調症」病人到了像她這個年紀，多半情緒暗淡無光，眼神呆滯。

她卻不然，她永遠說個不停，魔幻寫實，心靈像是個奇偉瑰怪的萬花筒。

很難得的，她雖然行為怪異但心思善良單純，住同一社區的人多半能接納她，大家相處愉快。

有一天，她另一個八歲的孫子不幸因罹患某種癌症過世了。她在診間大哭。她是那麼的傷心，一直哭、一直哭，把衣服都沾溼了。

不管我怎麼安慰，她不停尖叫，像「瘋了」一樣……把悲哀表達得那麼流暢。

這單純而不修飾的「痛」太強大，使我這「正常人」忍不住溼了眼眶……
「精神疾病」無法剝奪「人性」。她仍是個慈愛的祖母……

不能任她去病

昨天有一位母親，帶著正值青少年的女兒跑來掛我的診。

孩子被診斷為某種「慢性病」，已經在其他科長期追蹤約兩年。這病雖非我的專長，我略知一二。

媽媽在我面前憂心落淚。孩子的症狀一直沒有改善，時常請假缺課，她懷疑是不是「看錯醫師」。

孩子年紀輕輕，荳蔻年華就貼了「重大傷病」的標籤，作媽媽的情何以堪？

我複習了那位醫師的診斷和處置，沒有什麼大問題。孩子確實是比較棘手的案例。

我對媽媽說：「醫師該做的都幫你做了。」

我先從孩子的生活起居開始聊起。唸什麼學校，幾點上床，功課壓力，交友，嗜好……

曾經養過兩個「青春期」女兒，我知道該問什麼。

原來媽媽最在意的，是給孩子長期吃類固醇。她害怕副作用。類固醇確實有效。一沒吃藥，孩子病情就變得較為嚴重，時常痛到無法上課。

最近醫師又調高了她的類固醇劑量。

我問媽媽為何不好好和主治醫師討論。

她有點哽咽地說：「有啊！但是醫師只說這病大概就是這樣，不能治癒，沒有更好的藥了。」她絕望的說。

「雖然無法治癒，但是可以控制啊。只要可以控制，一切都有希望。」我趕緊安慰她。

我把孩子的「病史」重新溫習。聽聽她的心臟，摸摸她的肚子，從頭到腳檢查一遍。

我和媽媽複習了孩子的飲食習慣。睡眠是否正常，有無充足運動，調整一下治療方式……

我解釋，為了控制疾病活性，「低劑量類固醇」有時候是必要的。在適當的監測下，還算安全。

「總不能任她去病，醫師的決策有時候是兩害取其輕。就我所知，應該有一些免疫療法在作臨床試驗，可以取代類固醇……」

我當著媽媽的面，打電話問了「權威級」的專家朋友，集思廣益……最後我說：「別心急，孩子的體質有時候會隨年紀慢慢改善。」媽媽臉色終於好看一點，決定遵守醫囑……

「希望」就是那「更好的藥」，是從漫天烏雲中竄出的陽光。但它是很易脆的商品，要小心翼翼包裝，才能安全送到病人手上。花時間陪伴並解釋，是醫師所能給病人最好的禮物。雖然健保不給付。

至於我們家自己（本科）的病，許多家長問我：「氣喘到底會不會好？」孩子前景無限。我的回答也總會謹慎避開有「不可逆」意涵的字眼。絕對不會說，這病大概就是這樣。

說個笑話。

有一次查房時，從實習醫師旁邊經過，聽到他對氣喘病童的媽媽說：「我看是不會轉好了，起碼短期之內不可能變好。」

我急忙把他拉到一邊說：「永遠都別跟病人家長說孩子好不了，應該要說有進步哦，還在觀察，還在用最好的藥，知道嗎？」

實習醫師一臉委屈答：「媽媽說，孩子天氣一冷就發作，她問我：最近天氣會不會轉好？我不過是據實以告罷了。」

有時只需一個手勢、一個眼神、一個說法的改變，就可以告訴病人，雖然疾病很可怕，我們可以一起面對，終究會雨過天晴。

告訴他們：「Stand by me.站在我這邊。即使夜晚降臨，整個世界漆黑無光，不害怕不流淚。」

病歷會忘卻，但故事不會

最令人難以忘懷的，並不是那些症狀複雜，做了很多檢查、有很多數據，必須有縝密臨床思路才得以鑑別診斷的病歷。

這類病歷或許是各階段晉升口試歷程中最佳的亮點，讓你回答的時候洋洋灑灑，風采無限，可總在考完後就被遺忘。

但病歷背後的那些故事卻永遠不會……

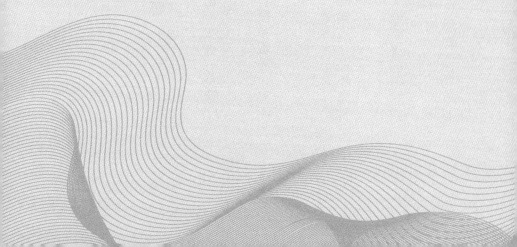

最難忘的病人

十幾年前，我當兒科專科醫師口試委員時，常問考生一個問題：

「告訴我，你遇過最難忘的一個病人。」

我會這樣問，是因為自己在各階段的晉升口試歷程中，不止一次被「長輩」問過這個問題。

我通常會準備一個「案例」，症狀複雜，做了很多檢查、有很多數據，必須有縝密的臨床思路，才得以鑑別診斷，並給予適當的處置……

答得洋洋灑灑，然後考完就忘了。

有點尷尬。隨著行醫經驗的累積，我發現自己最「難忘」的病人，並不是他的診斷、用什麼藥，或者是臨床數據……

而是，病人是怎樣一個人，我們如何互動，他如何影響我，他的傷痛帶給我的心理衝擊，他的處境帶給我的省思……

或許，考官在意的不只是你醫學知識有多充足，他們也想知道你這個

「人」。

從你選擇的病人「種類」、你的敘事，而非診斷，可略窺一二。

我建議考生，下次遇到這個問題，試著告訴考官：

「你遇過最愚蠢、最有趣、最不知所措、最讓你感到窩心的小朋友或家長……」

「醫病之間，充滿懸疑，難以預期；綿密的因果關係，說出你的感覺如何……」

還有最重要的，你在病人身上觀察到「非醫學」的各種「細節」，真誠地表達出來。

因為這會反映你這個「人」，個性適不適合當醫師。或許比你「會不會診斷」還要重要。

我想起自己「最難忘的小病人」……

那是還沒有健保的年代，一位十歲女孩因為高燒一個月住院。

家長見面劈頭就問我：「有沒有免費或比較便宜的病房？」

他們連每天的診療費都付不起。於是我的病房巡診變成「經濟普查」。我設法幫他們東省西省，有些費用就收個意思意思……

總算一系列檢查都做了，但報告出爐之前，我只能給她症狀治療。孩子仍整天燒個不停。

家屬愁容滿面，問我：「錢快花光了，為什麼住超過一星期，還沒開始治療？」（此時有點壓力，危機四伏）。

但這女孩是我最喜歡的病人，查房時，她總是熱切和我打招呼，有問必答，清楚表達她的不適。

在慢性病的糾纏下，她仍認真在病床上寫功課。她有禮貌，抽血打針，不哭不鬧。

我開的任何處置，她照單全收，不怕麻煩。她有一種奇妙的天賦，讓在她身邊的每個人感到溫暖和平和，包括我自己。

後來報告出來，對症下藥。四十八小時之後，孩子燒就退了。

剛好有負責兒童福利的社工團體，前來關懷弱勢貧困的住院病童，並承諾幫助他們實現心中一個小小的願望。

一般來自低社經階層的病童，多會選擇CD、書本、玩具、腳踏車……等他們平常想都不敢想，比較「實體」的東西。

但這個女孩很特別，她的希望是：康復以後，能夠有一天的時間，和醫師們一起查房，巡視住院病童。

這有何難？某天，我們讓她穿上最小號的白袍，加入醫療團隊的行列，跟著醫師巡診。

我理學檢查完後，她上前輕聲問候，和住院病童打成一片。以過來人的身分，為病童打氣，安慰他們：「要聽醫師和護理師的話。他們一定會把你的病治好的。」

這大概是我所能聽到來自病人最真誠的讚美……

我還記得這孩子的姓名、臉上的痣、喜歡讀的書、說話時的神情……

就是忘記了當初的診斷。

欲哭無淚

一位朋友得「修格連氏症候群」十五年了。他沒有淚水。看著我鼻子過敏打噴嚏，涕泗滂沱，十分羨慕。

症狀逐漸惡化。他的眼睛對各種外界刺激，例如香菸、洋蔥、強光……完全失去反應。他十分懷念淚腺。

他得終身服藥、打針，用「人工淚液」來維持眼結膜上面的酸鹼平衡，把症狀減到最低。但他無法哭泣。

哀傷來時，我可以開始啜泣，可是他淚流不出來，充塞在腦中，鬱結無法抒解。他看起來永遠比想像中堅強。

我只好要他往好處想。男兒有淚不輕彈。情緒或許不必那麼充沛，他不是演員，或歌劇裡的英雄……

他跪求一滴淚而不可得。我慢慢知道：人流淚的時候比想像中多得多。那不是一種脆弱的表現。而是一種防衛的機制。

最後，他遠離人群，長期在室內工作，戴墨鏡，窗簾全部拉上，遮住所有陽光。

即使這樣，他也不善於獨處。他不能讀小說、看電影，他努力避開任何讓他喜極而泣的東西。

最後沮喪到連藥也不吃，哪兒都不去，包括醫院。

然後，他經歷了一次劇烈的發作，住了院。醫學生圍著他，不斷的拷問。純科學的部分，他早已被定罪，夫復何言？

他無法向旁人解釋：到底發生什麼事。他一想到就會心酸，就會想流淚，那樣子更難受。

主治醫師查房時告訴他：「你今天的狀況比較穩定囉。」至少電腦上的數據看起來是這樣。

他笑不出來。因為他長期無法哭，所以也變得不會笑。

他告訴我，他願意當一個「病人老師」。如果「魔咒」無法解除，他希望自己承受的痛苦有某種「價值」。至少把挫敗的經驗轉為一些有建設性的東西。

所以如果醫學生和專科醫師想研究「醫病共享決策」和「疾病導致反社會人

格」等題目，歡迎來找他談。只要不把他弄哭。

長期以來，醫院提供的只是「醫療照顧」，不是「全人醫學」。這漂亮的建築物，少了某種慈悲的靈魂，某些讓人泫然欲泣的感動。

看著他，我更常哭了。為了他，也為其他有著悲慘遭遇卻拿它一點辦法也沒有的病人。啊，他們沒有「修格連氏症候群」，一樣欲哭無淚。

淚水讓胸口的情緒得以上升到眼眶。淚水是生命中最能喚醒知覺，得詠嘆此身仍在的見證。淚水是苦難的潤滑劑。淚水是上帝的恩典。

感同身受

四十一歲的李先生來求診，公司體檢的時候被發現有心雜音。

李先生人好好的。所有的檢查都做了也都正常。醫師向李先生詢問有沒有呼吸急促，頭暈，胸痛？李先生搖頭說都沒有。

醫師叮嚀暫時在門診追蹤，一旦有症狀要迅速回診。

一年多來，李先生獨自回診，總說他沒事。直到有一次，他太太跟著他來了。

太太說李先生「很不對勁」，爬樓梯會喘，「很多事」都力不從心，最近常常午睡都叫不醒。她要醫師給他辦住院。

醫師面有難色，找不到任何疾病代碼，怎麼住？

看李太太那麼擔心，終於還是勉為其難留他住院觀察。連住院醫師們都覺得，老師會不會有點小題大作，浪費醫療資源。

當天晚上，李先生突然心跳停止。一陣急救，裝上節律器，所幸他人在醫院，撿回一命。

很幸運，李先生再也不必擔心會一覺不醒了。

醫學倫理大師威廉奧斯勒說：「仔細傾聽病人，他會告訴你診斷。」他只說對了一半，順便聽聽「配偶」怎麼說，他們也會告訴你診斷。

五十二歲陳女士被先生帶來求診。

她白天沒症狀，夜間熟睡時會有喘鳴聲。

她不覺得如何，倒是先生躺在她旁邊，十分擔心，睡不著覺。

醫師理學檢查發現：喘鳴聲主要出現在胸部右側。但胸部X光片正常，於是幫她安排氣管鏡檢查，果然發現右肺葉支氣管有一個腫瘤。醫師仔細照了相，做了切片。

推她到恢復室時，醫師面色凝重。她一臉困惑，知道有些不對勁。

醫師花了不少時間，向她解釋檢查所見，可能的診斷，接下來要做什麼，盡量化解她的憂慮。

她聽進去了，逐漸釋懷，露出笑容。醫師這才放心離開她，繼續看下一個病人。

過不久，恢復室傳來「碰！」一聲轟然巨響。

一陣騷動。

一個男人趴在陳女士身邊，失去意識。護理師們趕緊去推急救車。醫師火速衝過去，在就要CPR之前，問陳女士：「發生什麼事？」陳女士倉皇的說：「我只是把你的檢查結果告訴先生，他就……」還好她先生最後只是「血管迷走神經性昏厥」，沒什麼大礙，很快就清醒過來。

虛驚一場……

我一向不太浪漫，雖然相信感情，卻不喜歡誇大它苛求它。但在醫院這個特殊的時空，我觀察到，夫妻之間有一種無與倫比難以替代的依存關係。

不知道是誰說的：人活在苦難中會更像一個人，會不由自主「洩漏」自己的感情。

他們總會在疾病中、苦惱時，或人生各種不幸時分，並肩面對難局。這種感情，如此綿密、如此堅貞、如此自然……。

解釋病情的時候，不要忽略配偶的反應。

他們往往感同身受。

不悔的愛

據我所知，這對夫妻十分恩愛。退休以後，他們早晨手牽手在溪邊的小徑散步。黃昏時，他們一起坐在公園的板凳上看日落。

夫人身形嬌小，一頭白髮，看到人總是微笑打招呼。先生高大強壯，聲音低沉，予人信賴感，誠懇，熱心公益。

只羨鴛鴦不羨仙。所有的夫妻看到，都希望晚年也能像他們一樣。

慢慢的，夫人失去記憶。開始是一些小事情，有點心不在焉。後來，她的生活充滿了問號。

醫師給她的藥並沒有用。先生不再帶她出門，因為她常不知身在何處，不斷地走失。

終於她不記得孩子了。一切都在崩壞。唯一值得欣慰的，她還認得他，至少撐到她不太能走路的時候。

有時候他會懷疑，她還記得眼前這個男人是跟她共同度過一生的親密夥伴嗎？還是只是餵她、幫她穿衣服的無名看護？

他堅持不送她去安養院。他發現許多醫護人員的建議，不但不能改善病情，反而使她更糟。

他把醫院的床搬進臥室。至少她還能欣賞窗外的陽光。他博覽醫學群書，決心把照顧太太的所有知識技能都學會。

他手邊總有一本筆記簿，封面沒有標題。隨手一翻，上頭第一行寫著：「六點十五分起床。」

然後以下約有數百行工整的、手寫的、密密麻麻的「工作指引」，綿延三到四頁。

上頭寫著太太的生活日常「儀式」，處理特殊狀況的小祕訣。並對一些「不尋常」的指引，再多加一些解釋。

當他追求她的時候，並不知道婚禮上那句「我願意」所要付出的代價，會是做她終生貼身的照顧者。

隨著太太逐漸惡化，他也益形獨立，看不出悲傷和憤怒的樣子。

他只能自己來。經由堅持不輟的努力和嘗試錯誤，找出一些照顧太太的特殊訣竅。

如果吃東西嗆到、如果便祕、如果發燒、如果呼吸停止……他把所有的SOP寫在這本小冊子裡。

因為他的小心警醒，她的住院機率大為減少。

萬一真的不幸需要住院，他全天候隨侍在側，堅定而尊重的提醒醫護人員，太太的特殊需求。

起先醫護人員有點不悅，但長期觀察，看到他對太太始終不渝的愛、絕不動搖的承諾，無不動容……

我常納悶，這些年來他奉行不輟，已經熟練到下意識也能做得很好，為什麼要寫這筆記本呢？

他答：「我最近身體也不太好。如果我有一天我必須走開，那麼代理人就知道該如何照顧她。」

他還記得每一幕和夫人共遊的景象。那些光影、那些瞬間，安靜而巨大。他記得她的好、她的甜美、她的善良……在苦難來時，他做下堅毅的選擇。

他充滿信心，永遠知道下一步要做什麼。他無條件的奉獻，為他的所愛。

返校日

小芬得了腦瘤。

最近這兩年，媽媽在同一家醫院，不同的場景，被告知三次，她的女兒瀕臨死亡。

媽媽總是信心十足，認為醫護人員是過慮了。女兒會度過難關的。

例行的MRI追蹤。如果是好消息，每一個醫護人員經過她們母子都會微笑。大聲歡呼：「片子照起來很好呢！」沒有人怕破壞這個驚喜。

如果是壞消息，她們只能孤獨的坐著。醫護人員噤聲走過。沒有眼神接觸，只有交頭接耳，有的甚至含淚啜泣。

「哪會那麼糟？我二十四小時看著她，她還很元氣呢。」媽媽總是覺得醫護人員太緊張。

如果消息壞到像那三次，危急到被告知孩子將死的程度……

媽媽就會被帶進一個討論室，醫療團隊低著頭，主治醫師告訴她，大家都盡力了。小芬這次恐怕……這是一個殘酷的現實，我們拿它一點辦法也沒有。

從兩年前被診斷開始，孩子腦中的腫瘤，緩解又復發。媽媽始終堅信，孩子會好。她注定是一個奇蹟。

尤其每次小芬悠然甦醒，媽媽看到醫護人員圍著她歡欣慶祝的時候。媽媽相信，孩子會度過去的。

醫護人員跟她們一起坐「情緒」雲霄飛車。一起高興，一起悲傷，一樣清楚該期待什麼。只希望：母女這段旅程變得容易些。

媽媽說：「那些漫長在注射室飲泣的日子，要不是有護理師陪著我哭、陪著我笑、安撫我的震驚，我是絕對過不去的。」

終於，MRI暫時找不到任何疾病痕跡，小芬可以回去上學了。

問題是她的頭髮都掉光了。醫護人員十分擔心，班上頑皮的同學很可能會嘲笑她。

於是大家同心協力，為小芬特製了一頂幾可亂真的假髮。那真是個傑作，沒有人會看得出來。沒有人會知道這個祕密，小芬又重拾以往的美麗。

重回學校的那一天，晨會結束時，導師握著小芬的手領她走到講台上，對同學說：

「各位同學，小芬曾經病得很重，在醫院住了一段時間。可是她非常勇敢，現在好多了。讓我們為她鼓掌。」

台下掌聲久久不絕。

小芬聽到了久違的上課鐘響，滿心歡喜。她一走進教室，便拿下她頭上的假髮，把它放進置物櫃中。

全班的同學為她這突來的舉動歡呼，激動尖叫。同學們看著她光禿禿的頭頂，覺得這樣很酷……

小芬活躍參與活動，和要好的同學一起吃午餐，度過了一個愉悅的返校日。

醫護人員真的是多慮了。

醫師的名片

幾個月前一個下雨的禮拜二清晨，她來求診。主訴是：「我被強暴了。」她會走進他的診所，原本只是想檢驗看看，有沒有得到性病，她懷疑自己是不是走對地方。

他有點震驚，但隨即恢復鎮靜。他診察了她。輕聲地問事情的經過，用最不使她難堪的方式。

他們談了很久。他讓她接受了「被強暴」的事實，而那並不是她的錯，他告訴她下一步該怎麼辦。他讓她知道，她並不孤獨。

他說：「你必須立刻到醫院急診，請專業醫護進行蒐證，護理師會檢查身體的傷口，取精液樣本等等……」

他像一盞明燈，指點她的每個下一步。

然後他遞給她一張名片，上頭有他的名字和通訊住址，和臨時隨手寫下的Email。他幫她叫了一輛計程車。

她將它塞進她的雨衣口袋裡。緊緊握著那張名片，打電話告訴媽媽，她在往醫院的路上；她緊緊握著那張名片，走進醫院大門，告訴他們事情的經過。進行驗傷、採證、取藥……

她緊緊握著那張名片，在證物蒐集完畢之後，叫計程車回學校上課，隔天與朋友共進午餐，欺騙他們她過了美好的一天……

他是李醫師，我的好朋友。一群被家暴的婦女，罹患創傷後症候群，在他門診追蹤。

他的聲音低沉，恭謹有禮，說話速度緩慢，眼神專注而明亮。永遠確定病人聽得懂他說的。

有一位婦女描述她可憐的境遇。很久沒回家的先生突然衝回來向她要錢。狂暴的先生翻箱倒櫃，欲拿走她僅剩的錢。她奮力抵抗，承受了幾記重拳，仍死命拉著她先生。

先生怒不可遏，跑出去拿了一個吸塵器，回來就往她身上砸。她下意識抬起雙手護衛，剎那間吸塵器切斷了她的兩根手指頭，頓時血流如注……醒來時她已經在急診了。

法院判先生坐牢六個月和兩年禁制令。最近就要被釋放。她應該很擔心吧。她對李醫師說：「我一點也不害怕。這六個月來，我在醫師您這裡定期看診，我的心情改變很多。我找到寧靜，我變得清醒，我決定要遠離這個男人。謝謝醫師……」

李醫師謙虛的說：「我沒有做什麼，是你找回你失落很久原有的自我。請勇敢作自己。」

病人走後，李醫師對我說：「剛開始我和她們一樣無助。外面的風險很大，我無法保障她們的安全。

「我只是靜靜傾聽。我根本不知道她們會不會回診。結果，一個個回來告訴我，她們有好轉。」

李醫師不願意確定他的治療有任何的效果。我卻覺得，他療法的祕訣，不在於他講了什麼，或做了什麼。

而是他那隨時想為病人做點什麼的姿態，他說話的語調、他的神情，他注視病人的方式……在病人眼裡，他的身形變得巨大……

後來那位被強暴的女子寫一封信給他：

……您那天遞給我的名片是我的護身符，它使我確信一切都會沒事。它使我不覺得孤獨，像您所說的。

其間，我上了許多課，我一直在療傷。有晴，有雨，有好日子，有壞日子。這些日子，您的名片一直留在我的雨衣口袋裡。

遇到下雨的日子，我就會伸進口袋，找找看它還在不在。觸碰它的那一刻，總讓我想起那一天，您溫暖的眼神和語句。

在這一段時間，這名片告訴我：事情總會變好；我終將走出陰霾。

如今，你的名片已經變皺，卻沒有失去它的魔力。它不斷讓我感念：烏雲密布，世間仍有良善。

謝謝您，醫師。

斷指

一位球友消失在球場一陣子。他是位酷愛木工的醫師，以前球館的許多整建工程都是他負責的。

桌球他算半路出家，直拍反面顆粒，勤練不輟。與他對陣，我輸多贏少。印象中，他是一個謹慎小心的人。不料某天，他「做工」時不小心把自己的大拇指給鋸了。幸好他是醫師，趕緊撿起斷指，經過適當處置，直奔急診。

醫學中心的外科醫師徹夜不眠，細心為他做吻合手術，把他的拇指救了回來。它仍然有功能，只是短了半截。他笑稱醫師的刀開得太好，害他領不到殘障手冊。

最近他傷癒後復出，握拍受了點影響，改成了橫拍，換了十幾隻板子，總算找回原來打球的感覺。

我依然打不贏他……

我想起一位創傷外科醫師朋友。

他當醫學生時，曾自願到中南美洲某國家的一個偏鄉醫院急診見習。

某天下午，一個年輕人走進來，左手拿著一個白色信封袋，右手用一團毛巾包著。

雖然極度痛苦，但看起來十分鎮靜。昂首闊步，一臉淡定的神情，看起來只有二十出頭歲。

護理師打開毛巾檢視他的傷口。大拇指不見了。鮮血，配合心跳的節奏，汩汩冒出。

年輕人感到一陣暈眩，必須躺下。

當地主治醫師開始清洗他的傷口。

血逐漸被止住，年輕人感到解脫，欣喜地把信封袋交給醫師。

醫師看了看信封袋裡面的東西，搖搖頭，把它丟在另一個診療床上。

這男孩露出困惑的表情：「為什麼他們不準備接我的手指？」他絕望的臉皺成一團。

醫師徹底消毒清洗傷口後，直接在斷端用僅剩的皮瓣進行縫合，一句話也沒說。

朋友有種深深的無力感，很想問男孩：「發生什麼事？為什麼這麼不小心？把手放到機器裡面？」

但因為語言的障礙，朋友無法和他溝通，搞清楚事情的來龍去脈。後來才輾轉知道，這男孩的工廠，離醫院有好幾個小時的車程。男孩不知道，也沒人告訴他，被切斷的手指必須冰凍處理才可以存活。

朋友心想：即使男孩這麼做了，這個「無菌」觀念薄弱，處理病人傷口有時都不戴手套的醫院，有執行「神經血管吻合手術」的能力嗎？

回國後，朋友午夜夢迴時常出現一個畫面：異國燠熱的午後，男孩在醫院外的長廊徘徊，迷惘而失落。

沒有了大拇指，男孩的未來怎麼辦？他要如何工作，維持他和家人的生計？他的父母如何面對這個傷害？他可以討到老婆嗎？

「男孩還能繼續保有像我第一眼看到他那樣的神情嗎？」朋友深深懷疑。

這事件對朋友造成極大震撼。朋友的志業就是確保這件事不會在自己的國度發生。

看來台灣醫界的整形重建外科手術值得信賴。能活在台灣，有時是很幸福的。

神明勉予同意

有一位阿嬤帶孫子大老遠從彰化來看我。換句話說，她跨過了台中、新竹等醫學中心，直搗我的診間。我嘴角微微上揚。

但仔細一想，我的醫術普普，沒有那麼聲名遠播。票選「千大良醫」也輪不到我，她為何要來？

大部分從稍遠地方如平鎮、龍潭來的病人會說：「親友鄰居介紹的」、「有Google到你寫的文章」、「啊你就是最資深的」……

有的說：「你別謙虛了，你很會看。」傾慕之情溢於言表。

為了阻止他們繼續讚美下去，我只好默認了。

這位阿嬤則不然。看著我，她並沒很崇拜渴望的表情，反而有點無奈。

原來，孫子氣喘久病不癒，算命的跟阿嬤說「貴人在北方」。

阿嬤猶豫不決，只好去廟裡擲筊（擲杯）。

規則是這樣：

聖杯（聖筊）：一平一凸，代表神明同意（贊成），別太高興，重要的事要獲得神明三次聖杯才算數，且限三個月內。

笑杯（笑筊）：兩平面，代表神明未決定、陳述不清楚，可以重新說清楚再擲筊一次。

無杯（怒筊，陰筊）：兩凸，代表神明不認同，通常可以重新再擲筊。可以解讀為「不對、不好、不可以」。

阿嬤先從北部大醫院，台大、榮總、長庚開始擲起。台大和榮總連擲出三次「怒筊」，代表神明對這兩家醫院很不滿。

「長庚」則是連中三元，捧得三次「聖杯」。神明在微笑，事情已經很明顯了。

接下來要決定看長庚的「誰」。本科三位「資深」主治醫師（比較老不一定比較會看）雀屏中選。

阿嬤說，人家都報其他兩個，但他們兩個老是「擲沒筊」（沒緣分啦）。

那個叫「林×偕」的，在兩次擯龜之後，第三次終於擲出「聖杯」……

我是被神明皺著眉，含淚勉強認可的意思嗎？

（嗚……）

探病

站在死亡的無邊無際的陰影下，即使作為一個醫師，所知道的醫學知識，仍渺小茫然不成比例。

隨年紀漸長，一些同輩好朋友，在最近幾年，也慢慢出狀況，例如癌症、中風、心臟病，或意外造成的損傷……等等。他們會找上我，我會去探病。正因為我懂一點醫學門道，發現自己根本幫不了他們時，反而有點「懷璧其罪」的傷感。

有時朋友病得不重，我會說些祝福的話，送一張寫著「早日康復」的卡片，到病床邊嬉皮笑臉對家屬說：「別看他病成這樣，過兩天他就會活蹦亂跳，追著護理師跑了。」

進入中老年後，翻開朋友的病歷，則常常不禁「噢！」的一陣錯愕：「怎麼會這樣？」我知道，這不會好了。這是正經的。它會「改變現狀」，有些事情他是永遠不能做了。

看到我來，家屬無聲的淚水變成沉重的啜泣。我坐在朋友旁邊，感到一種切身的悲哀，我椅子周圍升起熊熊火焰，黑煙充滿整個房間，我呼吸困難。

我安慰他：「你看起來氣色太好了，一點都不像該躺在醫院病床的人呢。」事實上，他得了無法治癒的癌症，日子不久了。

當代醫學已經進步到，在症狀還沒很明顯的時候就可以預言死期。人好好的，心情卻很糟，無法欣賞窗外的陽光。我懷疑，有些病人是抑鬱而終，有些病人則是被嚇死的……

某次探病，朋友沮喪的說：他快死了。外院說他得了「膽道癌」，一種進展快速、極為嚴重的癌症，轉來這裡住院。

「可能有點遺傳，我爸爸就是死於這個病的。」他說。

超音波和電腦斷層都顯示在肝門處有一個界線模糊的巨大團塊。

我訴諸理智對朋友說：「先做病理切片確認。如果腫瘤阻塞太厲害，或許可以局部拿掉一部分，減輕一點症狀。並且看能不能做肝臟移植？」

「肝臟移植」在那年代只是死前的昂貴酷刑，但是說點SOP可以給他一點希望……

我太常去探病了。見證完一個悲劇之後，又會有下一個，它們會陸續的來……看過那麼多生離死別，我怎麼還能再傾聽另一個令人傷心的故事？

他還是他嗎？看到朋友被疾病摧殘得瘦弱不成人形，人的「善念」會被觸發，一種「物傷其類」的悲憫和愛，莫名其妙的湧現。像約翰敦的詩：「沒有人是孤島。任何人的消亡都是我的損失。」

「探病」不是為了現實人情的考慮，不是做了要換取什麼，而是內心一種自然的感知索求，讓生命和時間恢復流動，使自己感覺更像個人……。

我所能做的，是竭盡我所知，做朋友在陌生醫療世界的解釋者，給他安慰和鼓勵，減少他對未知的恐懼，在面臨困難的臨床決定時，做維護他健康的代言人。

藉由陪伴傾聽，我參與了病人最重要的人生時分，分享了病人最渴望被聽到的聲音。

天地不仁，以萬物為芻狗。衰老、疾病、瀕死，是大自然運轉的規律。今天是朋友，明天我或也會纏綿病榻。就坦然面對吧。

如今探病，步伐仍然沉重，不捨依舊。但我椅子周圍的火焰逐漸熄滅，煙霧逐漸散去，呼吸容易些。我可以和病人話家常了。

臨終的樣貌

充滿診間、病房的醫院無疑是最常上演人生最終離別曲的場景。

臨終病人的情緒和內心往往真實，他們沒有力氣與時間戴上面具客套與偽裝，讓我得以看見並學習到每個人獨特的樣貌與生命故事。

在生存與死亡的拉扯裡，死亡永遠獲得終點的勝利，或許我們無力對抗生命旅程的終結，但希望在這段過程裡，能因我的陪伴而讓你感到美好。

訃聞

人到了某年紀，儘管仍勤懇忙碌於現實人生，驅之不去的死亡感知其實瀰漫心思（特別是我這行）。

我會特別注意一些衰敗徵候，如落葉、朽木、嚴冬、關門的店家（最近真的不少）……

讀按月寄來的《台灣醫界》醫師動態欄。以前都是注意「入會」、「變更」、「復業」，現在不由得把視線眺向「退會」、「停業」、「註銷」、「逝世」……

幾個月前科技部會議坐我旁邊的台大婦產科學長、宿舍的前一位房客長庚病理科醫師、二十四年前幫我開刀的榮總胸腔外科教授……

陸續出現在《台灣醫界》「逝世」欄，他們就這樣輕輕的走了。

我常劃錯重點；原本想查些什麼東西，目光卻駐足在國際醫學期刊裡面的「訃聞版」。去世的多是某一領域的大師。

雖然所有的訃聞都難免歌功頌德一番，但有關「醫師」的訃聞，重點不在履歷與功名，而在此人的個性與風格。

醫學人生值得珍視的，不是寫過什麼論文、擁有什麼頭銜，而是：他是怎樣的一個人？病人最懷念他哪一點？他一生中最放不下、最愛的是什麼？為何他是親戚朋友學生眼中的「天使」？

每篇都是不朽的簡歷，雋永的散文。激發起我寫作的念頭。

其實讀訃聞的好處還不只一端。

例如某期雜誌，刊登了五則醫師訃聞，我統計了一下，平均竟只活到六十出頭。奇怪的是，提到最愛的休閒運動，每個都說是「打高爾夫球」。其中有一個才剛打完十八洞回家途中，突然暴斃。

身旁打高爾夫球的醫師朋友很多，看我堅持打乒乓球，每個都有點不解（不屑）。（光看這兩種運動的職業選手收入就知道該怎麼選擇了不是嗎？）

一位球友，原本打桌球的，極力勸我加入「太平洋聯盟」，改打高爾夫球（這個叛徒）。

我差一點心動。一來年紀到了，二來，很想領略走在果嶺上任微風拂面的自在。何況，在通往桌球館的路上，就有兩座高爾夫球場。

讀到這些訃聞，我像一個長年無辜被錯怪的小孩，突然面對真相大白的世界，放聲大哭（雖然我的統計學好像出了點問題）……

我反過頭來，勸他們放棄打高爾夫球，改成慢跑、騎腳踏車，或游泳……如果想頤養天年的話。如果真的無法放棄，那麼打球前先繞高爾夫球場跑一圈再開始。

或者乾脆加入我很平民很簡單的嗜好，打打大小相仿卻很有氧的「乒乓球」。我可以不計前嫌，權充教練……

不過話說回來，其實人生很像打高爾夫球。它是一場漫長而沉悶的比賽，除非球打進沙坑，或打到樹上。

然而陷入這個窘態，打「修正桿」的姿態通常都不會太好看。

我猜我自己應該打到第十四、十五洞附近。不像前面幾洞那樣優雅悠閒，反而好像變成像打籃球，節奏越來越快。

（打出「一桿進洞」的機會越來越渺茫。）

有一次和球友打桌球，我拉球時不小心球打到拍子邊框，高速往球友頭部飛去，正中球友右眼窩。（平常瞄準也打不到）

球友痛得摀著眼睛倒地大叫。幸好經冰敷後疼痛改善，各自回家。隔一陣子他打電話給我，說視力模糊，診所醫師診斷「創傷性白內障」。

我頗內疚，遂帶球友到本院（醫學中心）眼科求診。眼科醫師話不多說，檢查良久後抬頭問他：「你說是什麼球打到的？」。

「乒乓球。」他答。

「如果是高爾夫球打到才比較需要擔心吧。」眼科醫師氣定神閒說：「您應該有點糖尿病。控制一下血糖，視力就能改善了。我會再好好follow up。」

我猜這位眼科醫師也是打高爾夫球的。

廢棄的月台

很多年以前，有一次，我必須告訴一位三十多歲的媽媽，她的兒子再也醒不過來。

那時在加護病房。每次向家屬宣告，他們的至親不會再回來時，我都會擬好講稿，詳述治療的過程，表示醫師已經盡力……我語氣盡量輕柔，甚至帶點歉疚。

他們都是好人，沒有怪我。我很堅強，我和病人走一段死亡幽谷，我也有血有肉，我也會哀傷，只是沒有人可以抱著大聲哭。

再大、再清晰的痛，值完班就要灑脫走開，看一場球賽，和朋友吃頓飯，喝幾瓶啤酒……

我終究得往前行，不再想這些人。我不知道他們如何療傷，這件事情如何影響他們的生活。

我回到自己的人生，地球照常運轉，我周圍的世界跟人物並沒有改變……

可是這位媽媽說：「我要我的兒子回來。」

到今天，我還記得媽媽臉上的表情。她皺著眉頭，嘴唇顫抖，眼神空洞，默默地站著。看著我，卻好像什麼都沒看到。

這個女人的世界已經完全改變。那像什麼呢？

一座被遺棄的城市，火車高飛遠颺，人群已經散去，只剩下她，站在空蕩蕩的月台。

「你是個勇敢的母親……」我解釋，醫院有一些心理輔導的資源，可以幫家人度過這個難關。

那夜我惴慄不安、輾轉難眠，數度跌落床下。我以為我走出來了，可是其實沒有，這段旅程，刻骨銘心。

醫學教育教我們解決問題，依靠實體的證據，遵循臨床路徑。沿途上我們修理，我們切除，我們給藥……

可是醫學最困難的時刻，常常是那些拿他一點辦法也沒有的人生困境。我找不到答案。

我常常想起這位母親。思索著我當初該講些什麼，才能稍稍化解她的苦難與哀愁……

後來我發現，失去至親的人，像一片廢墟。想要在上面蓋任何的建築，都是不穩固的，終將坍塌。

我想，至少，當你沒有更正確的話可以說的時候，就和他一起置身廢墟之中，坐在瓦礫上面，什麼也不說，全心全意，專注傾聽……

在被遺棄的城市裡，火車高飛遠颺，人群已經散去，還能做的，只能是不要讓他孤零零的，獨自站在空蕩蕩的月台。

死亡證明

凌晨兩點，主治醫師手機響了：「您必須趕快回來。」值班住院醫師通告他。

「×A××床。一個糖尿病患。」

他睡意全消。趕緊抓了車鑰匙，直奔樓下停車場，發車。他新買的BMW，馬力大、扭力強、加速好，性能極佳。

他需要這樣的車。他的住院病人常常「出事」，他得隨時火速回醫院。

「今天早上才查過房，明明是這兩、三週來他狀況最穩定的一天，怎麼會這樣？」

四下無人，街道空蕩蕩的，他可以看到車頭燈的兩道三角形美麗光束，刺入無垠的黑暗中。

Google Map在腦裡，他大膽超速，他熟悉每個轉彎和紅綠燈⋯⋯

關於病人變壞的原因，他試著不再費心思索。造化弄人，有時候事情就是這樣，解釋是多餘的。

「寶馬」馳騁於暗夜的時候，慘烈的CPR也在進行，可惜晚了一步。

他來到病房，問住院醫師：「他走（死）了嗎？」

住院醫師點點頭，一臉驚恐。

「走，我們去『宣』。」

房間裡一片哀戚，有人沉默不語，有人皺著眉頭，大部分哭得眼眶都腫了。

他走近這個他照顧了十幾年的病人。

他是一個好病人，百分之百遵從醫囑，治療不如意時，不但沒有怪醫師，還會送上幾句問慰。

爽朗的笑聲還縈繞耳際，如今要宣告他死亡。

這個「儀式」，他已經做過上百次，下意識就能啟動腦中的checklist：

先觸摸頸動脈，然後把聽診器放上那毫無動靜的胸腔……

然後要聽心音。在一片悲哭之中，他得仔細聽。這個心臟已經奮鬥了很久，他要確定它不跳了。

再來，翻開眼瞼，用手電筒照眼睛。

病人生前充滿愛和痛苦的眼睛，已經沒有反射，能傳達的只有平靜和祥和。

「他死了。」主治醫師嘆了口氣。心中並沒有很強烈的敗戰感。

多年的歷練使他知道，死亡永遠獲得勝利，但不代表被征服者是失敗，只要他一生過得精彩。

就像小說最終章，英雄的末路必須被如此書寫。醫師安慰自己，天堂之路敞開，亡靈不誤入歧途。

不知怎的，主治醫師想為病人多做一點。

他翻開睡袍，用剪刀剪開包裹在病人足部潰瘍上的繃帶。在他細心照料下，其實傷口曾一度變好……

然後他拔除病人的鼻胃管，尿管。長期以來，它們象徵一種依賴，一種無助……現在可以解脫了。

當醫師最難的地方在於必須目睹病人從中年變成老年，又從老年變回嬰兒……

他轉頭對住院醫師說：「來吧！我們來寫死亡證明。」

住院醫師哽咽說：「今天上午，老師您巡房來看這病人，聽完我的簡報，您好像很急，帶著大隊人馬就走了。

我杵在床頭，最後一個離開。病人抓住我手臂，注視著我的眼睛說：一切OK吧？

我點點頭，欲言又止。我不能多說，因為我要趕上您查房的行列。

病人一定想告訴我什麼，或叫我轉達給你什麼……我原想找時間，好好和他談談。沒想到這麼快，他就……」

主治醫師沉默半晌，對住院醫師說：「在行醫生涯中總會有一兩個病人讓你心碎。現在你碰上了。要做一個好醫師，你必須克服這個問題。」

「新車出現的第一道凹痕總是特別讓人難受。」他拍拍住院醫師的肩膀：「一次會比一次容易的。」

寫到病人死因的時候，主治醫師臉色凝重，遲遲不能下筆。不到半個小時，他已經開始想他。

「一次會比一次容易嗎？」（越來越麻木？越來越沒有人性？）

這需要大規模臨床研究來證實，至少主治醫師自己就不是這樣。

令人揪心的病人

一輩子當醫師，碰上最令人揪心的病人，就是我的朋友。

三年前，他坐在我前面描述症狀。我仔細傾聽。聽完他問我：「你覺得這是什麼病？」

他體重減輕、沒有食慾、便血、皮帶必須多穿幾個洞才能勒緊。他沒等我回答，就自己說：「是大腸癌對吧？幫我找張床吧。」

聽他語氣那麼輕鬆，我嚇了一跳，我沒有遇過這麼「正面思考」的病人。

在我的「安排」下，醫院迅速為他作了大腸鏡和胃鏡、超音波……

「有人罵健保緩慢、沒效率，我覺得還好啊！還來不及痛，就什麼都作完了。」他自我調侃。

不幸，每樣檢查都有「斬獲」。

大腸鏡發現3×5公分腫瘤；胃鏡發現，他也有食道癌；超音波顯示，肝臟有幾個轉移的亮點。

因為食道癌生長的速度比大腸癌來得快，醫療團隊決定先處理食道癌。等身體恢復，一年後再做大腸癌手術。

他感激外科醫師救他一命，沉穩、細心又有耐心，使他症狀「暫時」穩定下來……

在最先進的腫瘤標靶藥物下，他達到第一次「緩解」，高興地帶太太烘焙的糕餅到診間。

「真好吃。」醫師說。

「可惜我病好你就再也吃不到了。」他說。

他「偽裝」得很好，笑容燦爛，生活和常人無異。我們心知肚明，腫瘤還在，只是暫時被困住。

我難忘他每次掃描結果正常，向我宣布好消息時，雙手合十，感謝上蒼的虔誠模樣。

「醫院裡的空氣太糟糕了。」他說：「我這次要去馬爾地夫。」他總是樂觀的笑著，熱切的活著。

今年初，腫瘤科醫師告訴他：「你的癌症又回來了。你的身體可能無法再承受任何化療……」

「那我還有多少時間？」

「幾個月吧！」

「意思是明年這個時候我就看不到你了。」

「是的。大概是這樣。」

「有時候開門見山很OK。這種事不需要唯唯諾諾。有話直說最好。」他說。

他問我：「是時候了。該告訴三個孩子了嗎？他們還不知道他們的老爸得癌症呢？」

有些時候我必須笑著才能撐過這一切。這次我再也忍不住，熱淚盈眶。

腫瘤科醫師和他談到了「安寧療護」，和未來幾週會發生的事情……為他寫了轉診信。

上頭寫：「他不怕死。」

他很感恩他的腫瘤科醫師。

「他很仔細和我對談，了解我的態度、問我問題、仔細聽我怎麼答……

「他知道我是怎樣的人，才能告訴下一任，要怎樣和我溝通，對我最好……」

我只能苦笑。我看到一個鬥士，精神和信念長在，永不屈服，永不退卻，永遠微笑，永遠感恩。

和很多癌症末期的病人一樣，腫瘤不再是目標，治療是為了控制疼痛。

最後一次住院，我到病房看他。全然無助地看著他的腫瘤，擴散到肺、肝、腦……身體的每一根骨頭。

他精神還不錯，忍著痛坐起身對我說：

「好友，不用傷心。我不打算抵抗。我已經告訴太太，我走後，不要在訃文上寫我對抗癌症，打了敗仗。

我沒有輸。癌症沒有打敗我，它沒有讓我懷憂喪志。我沒有一刻心神不寧。我活得還不賴。

現在我躺在病床上，被家人朋友圍繞，感覺被愛，十分滿足幸福。

我只是遺憾，為什麼以前不曉得，應該要常常這樣聚一聚？

如果有什麼想對你說的，那就是：你一定要記得，職務是暫時的，親人的死去卻是永遠的。

請你替我寫信給主任、院長、衛福部長，告訴他們：台灣醫療體系運作良好，並沒有讓人失望。

我的朋友、外科醫師、腫瘤科醫師、護理人員，和幫我倒水、整理我床鋪的阿嫂……謝謝您們如此善待我。

您們不知道，這些日子我過得有多好。」

育幼者

我不喜歡被稱為「兒科醫師」。比較好的說法，或許是廣義的「育幼者」。因為這「專業」的關係，我看到很多小孩。我看到某些東西。

比起別的行業，長年的「育幼者」身分使我比較會去注意孩子生命中缺席的東西。

門診有一個重度身心障礙的孩子，一轉眼，我竟已追蹤了幾年。

我慢慢知道，爸爸跑了、家人排斥，媽媽獨自辛苦把她養大，有時候連讓孩子吃飽穿暖都有困難。

在門診，我看到孩子流著口水，望著遠方，喃喃說著別人聽不懂的話。

「她喜歡看野外的花草，天上的浮雲。」媽媽說。

「有時候她坐在門口，看著外頭經過所有的東西，人、車、貓等小動物，不知何故就咯咯笑了起來。」

大家都嫌棄她，不當她是一回事兒，認為她永遠也學不會優雅的姿態，可是媽媽把她當作寶，永遠是她的掌上明珠。

每次上完復健課，媽媽總是帶她到醫院陽台去曬曬太陽。

「那兒最接近上帝。孩子喜歡陽光灑在臉上、任微風吹拂的感覺。」

「妳怎麼會知道？」我問。

媽媽以堅定的眼神告訴我：「我就是知道。」

這麼多年了。可憐的孩子，可憐的媽媽，一片沮喪的圖像。媽媽知道孩子進步的機會渺茫嗎？我不禁佩服，她哪裡來的勇氣？

上帝辜負了這孩子，沒給她應該有的東西，卻補給了其他孩子未必擁有的，珍貴而豐盈的母愛……

不料，幾個月沒看到她們，後來才知道，孩子某天生病，送到急診，急救無效，死了。

再也看不到孩子在門口好奇的四處張望。媽媽很傷心，遠離人群很久，暗自飲泣。

我先是震驚，繼而我看到：孩子已經抵達天堂了。她正坐在天家的門口，重新睜開眼睛，看著門外的綠草如茵，睥睨著世間的人群，微笑著……

媽媽，你不用擔心。孩子在天堂過的日子比以前自由快活多了。
我就是知道。

神醫

張醫師卸下總醫師的職務後，決定回他的故鄉執業。

他醫術精湛，待人和善，日子一久，鄉里口耳相傳，他變得小有名氣，醫術更高超了；病人哪裡不舒服，他伸手一碰觸，立刻感覺不那麼痛了。

有一回他走在街上，竟被一群黑衣人架上黑頭車，用布條矇上眼睛。這是綁架嗎？他保持鎮定：不太像，他們對他動作十分輕柔。

目的地達到時，他睜開眼睛。房間裡有富麗堂皇的擺設，牆上還掛了許多名畫，餐桌上有各式水果點心，讓人垂涎欲滴。

來到臥室，一位瘦骨如柴的老人，側著身子，蜷縮在床上，呻吟喘息。床下的氧氣筒管子是他的「生命線」。

病人看到他，布滿青筋的手從被子裡伸出來，努力地抬了抬。

「醫院宣判他只有三個月可以活，不給他醫了……××，那些庸醫……」其中一人啐了一口說：「我們聽說你很行，請你診療他。只要讓他活過三個月……

你就沒事。」

張醫師什麼也沒帶，只能先摸摸他的脈搏。示意要打開他的上衣時，老人顯得靦腆，有點抗拒。

原來左側胸有一處貼著紗布，打開後是一境界不明的潰爛傷口，血水膿液不停滲出，發出惡臭……

他是「黑幫老大」。這是肺癌末期，腫瘤已侵犯胸壁肋膜。

這情形比張醫師以前在醫院看過「活著」的任何病人都還嚴重，能「在家」撐三個月嗎？他開始擔心起自己的安危……

管他的。我做我的事，我在行的事，我一輩子都在做的事。其他就交給上帝吧。

張醫師帶著碘酒、棉棒、消毒藥水，細心清理病人的傷口，給病人各式營養品的補充建議（趁他還能吃的時候），然後開些「藥方」。

他輕柔問慰病人，陪他聊天。大部分的時候，張醫師只是傾聽，但病人如獲至寶。

就這樣一週兩次。張醫師診療完，他們付他豐厚的現金，又被矇住眼睛，開車送回原處。

病人虛弱到不能進食時，他改成每天往診，帶著葡萄糖點滴、靜脈輸液裝置，親自為病人施打。

後來他拿到了鑰匙，自由進出豪宅，再也不用被矇住眼睛了。

病人比「預定」的死期多活兩個月。

張醫師最後一次來看他時，他已神智不清，只是他震顫的雙手還努力地想解開睡衣的鈕釦，好讓醫師再好好聽一聽他的心臟……

醫學與文學

他是個心臟科醫師。半年前父親病逝後，他開始限號並拒絕看新病人，病人常因掛不到號，認為他不通人情……

限了號也沒用。很多病人依然到現場找他加號。

王老太太就是這樣常常臨時起義的一位。她曾是他追追蹤十多年的老病人。王老太太大學外文系教授退休。糖尿病，冠狀動脈阻塞，心臟衰竭。七十幾歲了還動了兩次心臟手術……

她喜歡穿色彩明亮的洋裝，戴著佛珠項鍊，總是神采飛揚。五個孩子的媽，平時忙著照顧孫子。每天早上搭公車到活動中心跳土風舞，從不間斷。

回診固定儀式：他為她量血壓，和她話家常。他看她記錄的血糖值。她躺上診療床，他檢視她的頸靜脈，聽聽她的心和肺。

有一次她忘了吃利尿劑導致肺水腫住院，他開玩笑對她說：「下次再不認真吃藥，看我怎麼修理你！」

有一次她吞嚥困難，伴隨體重下降跟食慾不振，他以擔心的語氣告知，可能的原因很多，得安排內視鏡檢查。

「醫生。我相信你。」她說：「懷疑是叛徒，我們會因此放棄了嘗試，從而失去本應得到的東西。」

「語出莎士比亞〈請君入甕〉第一幕第四景。」……

他記得他曾為她這麼大歲數，要不要再動一次刀費盡思量。並為她安然度過難關，慶幸落淚……

他記得她的微笑，她閃閃發亮的眼睛，和看完診例行的一個溫暖擁抱……

她把他看成全世界唯一可信任之人。久而久之，他也把她看成長輩，洗耳恭聽，她長串如連珠炮的症狀。

「聽說你不接新病人了？」她突然抬頭問他：「醫生，你看起來不太對勁喔？是的。你氣色不太好。你怎麼了？」

「很抱歉。」他告訴她：「我的父親最近去世，我還有點沒有辦法接受。」

他想不到自己竟能對她如此坦白。

「唉！抱歉的應該是我，加重了你的負擔。」

王老太太臉色凝重，突然流下淚來。他還沒來得及和她寒暄呢，她就離開診間了。

看完診，護理師交給他一個信封，說是王老太太要她轉交的。

信封上頭寫著：「當我失去我先生的時候，裡頭的東西給我很大的慰藉，希望對您有用。」

裡面信紙上寫的是大衛哈金斯（David Harkins）的詩：

「他走了，你可以傷心掉淚，也可以為他微笑，因為他曾活過；

你可以閉上眼睛，祈禱他回來；也可以睜開眼睛，看他留下的所有一切；

你可以哭著，封閉心扉，掏空自己；

或者做他所期望的：睜開雙眼、露出笑容、去愛，並繼續生活，努力不懈。」

頓時他的淚水流滿雙頰……

因有你而美好

診斷和他想的一樣。他痛恨得向她宣告壞消息。他臉色憔悴。

她是住在安養院八十五歲的老太太。他是社區醫師，固定週三上午到安養院看診。

五年了。她是他在這裡最健康的病人。大多數病人已無法自理，甚至無法與他對話。唯獨她，猶渾身是勁，耳清目明。

丈夫已經過世多年，兒子很孝順，固定每週二，五下午來看她，剛好錯開，他們很少碰面。

每次他去，總會拉張椅子，陪正聽著廣播慢慢享用早餐的老太太話家常。她對他炫耀兒子的成就。她房間的牆上還掛著他兒子的畫作呢。

這半年，他看到她吃東西很慢，有點怪。最近一個月，她開始吞嚥困難。

她拒絕侵入性檢查。後來因為體重下降太多，虛弱到有點脫水，才同意他的建議，做了內視鏡。

結果不太妙。

「您得的是喉癌。它幾乎已經完全纏繞著您的食道。只剩下一點小小的出口。」

「我跟腸胃科討論過，現在唯一的方法就是幫您放個支架，至少可以喝一點流質的東西。但您還是不能夠吃固體的食物。」

他不敢對她說，未來幾個月，可能會常常嗆到，吸入性肺炎，發燒，敗血症，種種併發症等在前面……

他質疑自己為何沒有提早發現？是不是漏了什麼？一切處置都是適當的嗎？為此，他數夜不能成眠。

恐怕以後的每個週三上午都成為他的夢魘。

老太太看在眼裡，冷靜對他說：

「醫生。你真是杞人憂天呢！我現在不是活得好好的。何況我已經八十五歲了。我的人生過得夠好，夠久了。」

她微笑望著他。那麼泰然自若。一度想瞞著她的，結果他還是說了。還不知道如何對她做「哀傷諮詢」，自己先愁雲慘霧起來。

這時老太太反過頭來引導他：「時候到了，就讓我好好走，沒關係，別太傷心。」

他含淚回憶老太太這些年教他，和他分享的東西。他期待下一個週三上午再來看她……

老太太病逝一個月後，她的兒子寫封信給他：

醫師：您好。我是的病人×××的兒子。聽媽媽說，安養院禮拜三上午來的醫生，對她很好。

媽媽來自鄉下，不太聽得懂其他醫生說的術語。她很感謝，你總願意花時間，用很通俗的話，解釋發生在她身上複雜的疾病。

起初我質疑你的能力，你只是熱絡些，有耐心些，只是比較會「哄」病人而已。

後來，聽媽媽反覆訴說，我才發現你對媽媽的態度不是裝出來的，而是一種自然而然的真誠。

媽媽說，她哪裡不舒服，你總會彎下腰，伸出手，撫摸那些部位，問：這樣疼不疼？那這樣有沒有好一點？

久而久之，媽媽信任你。總是認真回答你問的，照你說的作，照你說的吃，照你說的養生，照你說的保護腎臟……

媽媽只遵守你的醫囑。你稱讚她，她就像中樂透般開心；檢驗報告不理想，她就覺得辜負了你而悶悶不樂……

細胞會變化。腫瘤會生長。那次，你告訴她治療不如預期，讓媽媽終於意識到她將因這疾病不久於人世。

你含著淚，握著媽媽的手，和她長談。許久，許久。你說你會繼續陪她，你做到了。你真的在乎她。

媽媽滿心感激，同意你安排的安寧療護，她甚至按照你預期的日子離開。

我不是醫生，也不曾作為病人，不清楚你為何有如此巨大的撫慰力量？

媽媽最後這些日子，因有你而美好。謝謝你！

不讓你孤獨倒下

看到自己的病人康復重拾歡顏，即使是暫時的，知道明天還要重來一次……仍然算是醫師的幸福時分。

如同僧侶看到眼前用砂石畫出的美景時的悸動。

即使我知道這項療程或許永遠不會終結，即使還要重來一次，我仍會全心全意，用「完整」的自己來陪伴你。

因為我知道，「陪伴」是患者在無盡病痛裡最需要的禮物。

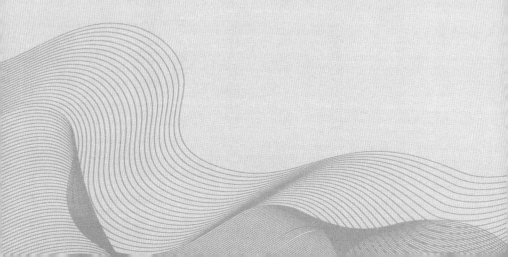

使它恢復原狀

你回診，你說疼痛加劇了，你說再也不能忍了。你問我，接下來怎麼辦？我老實告訴你，我害怕看到你。對你的痛，所有的藥膏、貼布、錠劑……我都開了，我沒招了。你明知道，卻仍不斷的問我。

你去過太多地方，看過太多醫師。他們和我一樣，在你身上刺探。有的相信你，有的訂假說，有的做實驗……然後說：「下一位。」

你還是回來找我。我心想，再來一輪嗎？止痛藥、麻醉劑、抗發炎、抗鬱劑、抗癲癇藥、鴉片類藥……我知道那不會有效的。

我的白袍口袋裡只有聽診器，沒有奇蹟。我只會輸入資料、供應藥物、和健保討價還價……

你有顆破碎的心，過著破碎的生活。你說你好孤獨……

十年前起，除了看病，我開始每一到兩天說一個有關醫病的故事，原來只對自己說的，後來也說給別人聽。沒想到一寫十年。

有一些是發生在我身上的，有些則是藉由我還是實習醫師時的殘餘記憶。我的「神入」，我的自由想像，寫其他科別的人或事，揣想其他醫師的靈魂世界，感受他的脈動。寫我理想中的醫病模樣。

念小學時，教室旁有棵大榕樹，老師每天要我帶著掃帚畚箕，清掃樹下的落葉。我問老師：「我今天努力打掃乾淨了，明天樹葉還是會掉滿地。做這工作，有什麼意義呢？」

當實習醫師時，我round到新陳代謝科門診。老師要求糖尿病患，藉飲食與運動，努力把自己的糖化血色素維持在七以下。老師說：「就像高爾夫球場的園丁，要每天負責修剪雜草，讓草皮保持平整。」

到日本旅遊，很多寺廟有很多露天耙沙造景，象徵河川、大海、島嶼等，別有意境。圖案會被風吹、日曬、雨淋所破壞，僧侶們每天清晨即起，辛勤工作，使它恢復原狀……

重複的動作，成為一種不懈的責任。日復一日，年復一年。

是的。

生活需要一些重整旗鼓的動作。寫作對我就像耙沙一樣。

看病也是。

很多病人的病情，談不上治癒，至多只能維持在一個差可控制的局面。有時候把病人「弄好」出院了，他卻失去追蹤，過一陣子再以全新的崩壞姿態住院……

法國印象派畫家雷諾瓦，是風溼性關節炎病人。他生不逢時，醫藥不發達，只能忍著痛，作畫不輟。一個畫家朋友去探望雷諾瓦。看到他裹著布淌著血，變形的手指，問他：「你這樣畫圖，難道手不會痛嗎？」

「當然會啊！而且每畫一筆，就會痛一下。」朋友問：「那幹嘛還畫呢？」雷諾瓦說：「疼痛會過去，美會留下。」

看到自己的病人康復重拾歡顏，即使是暫時的，知道明天還要重來一次……仍然算是醫師的幸福時分。如同僧侶看到眼前用砂石畫出的美景時的悸動。

病人會離開，感動會留下……

是的。我可以做得更好，只要我慢下來，把頭轉過來，好好看看你，聽聽你說點什麼，和你站在一起。讓我知道你是誰？你在乎什麼？你在忍受什麼？

然後用我的筆寫你，寫你心裡的痛，彰顯你的故事。我們都是故事的創造者，都可以選擇改變故事的講法。

在文字編織的夢中，神奇的藥膏、貼布、綻劑……會一一湧現。診間是光與暗的交界，你沮喪走進來，會微笑離開……

讓我們重新再來一次，我會全心全意，用「完整」的自己來陪伴你。不能解除你的痛苦，至少我得找回當醫師的初衷，從敘述苦痛中，看到人性，重拾行醫熱情，勇敢前行。

不是看這科

她總是莫名其妙的驚恐抽搐。神經科檢查說不是癲癇。在陌生人圍繞時、沒有安全感時，特別容易發作。她蜷縮在檢查室。她從青春期開始就開始「腹痛」，但是症狀很模糊，看過很多醫師，什麼檢查都作過了，無一奏效，轉診到醫學中心。

她脂粉不施，著簡單的T-shirt，穿寬鬆的牛仔褲。看起來憔悴而瘦弱，神情焦慮，話很少。她的理學檢查幾乎完全正常，醫師懷疑她得了某種「腸躁症」。

醫師問：「休假時您都做些什麼？」

她說：「醫師，對不起，請你大聲一點。」

原來她有點重聽。她說父親是糕餅烘焙師，她耳濡目染，喜歡做蛋糕。醫師剛好也喜歡烹飪，愛吃甜點。於是問她一些做好餅乾的祕訣。她眼睛為之一亮，對話多了起來。

有點費力，醫師得提高音量向她解釋，生活起居要注意什麼，藥要怎麼吃，叫她定期回診。原本她很冷淡，有點防衛，說得不多。不知道醫師的話，她聽進去多少。

腹痛時好時壞，但說起烘焙，她會興高采烈告訴醫師做蛋糕要注意的重點，用哪種杏仁粉、烤箱的溫度……醫師持續看她，耐心和她互動。慢慢，腹痛的頻率減少了，她開始有了笑容，體重也慢慢增加。

有一次，她神情落寞，跟醫師說最近惡夢連連，睡不好。黑眼圈很明顯。然後毫無預期的，她告訴醫師，小學生時一段被性侵的經歷。她被選上，是因為她有一隻耳朵全聾，聽力有點不好……

她對醫師掀開她埋藏已久的記憶。她的故事，讓醫師覺得驚悚。她講到悲慘激動處，全身禁不住顫抖起來……

術業有專攻，這可不是醫師看的病。她該看精神科的呀。可是她拒絕轉診，或和任何社工人員接洽。

醫師只好硬著頭皮繼續看，聊得不順的時候，他們就開始談「烘焙」……

有一天她感冒生病了。她請友人告訴醫師：「她健康的耳朵耳膜破了，她什麼也聽不到，還可以來會談嗎？」

「當然可以。」醫師說。

於是她來了，分享她的恐懼。

她說她很怕，一旦她全聾了，所有的人都會排斥她。她說她這輩子，為了被人接受，總是假裝自己聽得到，假裝知道周圍發生什麼事情……

會談快結束的時候（大部分只聽她說），醫師拿出筆記本。在上頭寫：「妳還是可以繼續找我談話，即使妳永遠聽不到也沒關係。」

「真的嗎？」她問。眼中泛起淚光。

醫師感慨，他對聽覺正常病人所做的口頭衛教，說了一堆，在病人那一端，可能只是模糊的語音。

這次，他用筆寫在紙上的幾個字，卻是最清晰的訊息。它明白地傳達：「即使最糟的恐懼成真，世界上仍有一個地方可以讓妳休憩、談話、療傷。」

她帶著微笑離開。

老李與老張

每個月的第一個星期一，老李會坐公車去安養院看老張。例行公事，風雨無阻。

老李要告訴老張，昨夜發生的事，上星期發生的事，這個月發生的事。全世界只剩老張願意聽他，聽得懂他。

老李結婚四十年的老伴最近走了。

她剛逝世的那幾個月，老李每天到墳邊去陪她，和她說話。回來自言自語。從清晨到黃昏，彷彿太太就在他身邊。後來醫師叫他停止，說這叫「病理性悲傷」。

除了老伴，老張是他世上僅存的摯友。沒別人了。

進入老年以後，老李喪失很多東西，背駝了、眼睛花了、動作變慢了，最糟糕的是，記性越來越不好。

造訪老張越來越困難。有時老李會忘記往公車站那段步行的路怎麼走。他甚至忘記要向老張說什麼，必須先作筆記。但他非去不可。

老張也是只剩自己一個人。有一天他驟然倒下，還是老李去串門子才發現，幫他叫救護車，送急診的。

從此，老李成為老張的看護。朋友不就是該如此？老李把照顧老張，看成一種不懈的責任。

事情一多，老李有時會設法說服自己拖延，心想一個月沒去反正也沒差。奇怪，是罪惡感使然嗎？他什麼都忘，總是記得去看老張。

老張和老李是從初中到高中的同班同學。老張一直都是模範生。

老李記得：數學，物理，微積分，交女朋友，都是老張罩他。老張是他的心理長城。

後來老張當了大學教授，意氣風發一陣子。退休前兩年突然一次大中風，從此倒下。在加護病房兵荒馬亂一陣子，命是撿回來了，神智卻沒有。

最後老張的生命現象穩定在山腰上的這間安養院，他的夢想在這裡戛然而止。他回不了家了。

老李每次看到的景象都一樣：老張穿著病袍，包著尿布，和一群遭遇與他類似的人，在一台破舊電視機前，圍成半圓。

不知道螢幕上上演什麼。老張眼神空洞，低聲呻吟，流著口水，蠟樣的皮膚，腫脹的雙腳，不時傳來惡臭。

老張喜歡吃花生，運動外套口袋裡，常塞滿一包包的貢糖。老李帶來的。

老李把老張梳洗一番後，扶他上輪椅，推他到長廊盡頭一個靠窗的椅子。那裡可以居高臨下，俯瞰市區。

和煦的陽光照著老張光禿的頭頂。他瞇著眼睛，津津有味咀嚼貢糖，看著遠方，想著往事，很享受似的……

老李感到悲哀：殘酷的人生要把老張帶到哪個「目的地」？老李知道，不久以後他也會這樣，老無可歸之處……

老李握著他的手，告訴老張：「老哥，你絕對想不到我昨晚夢見誰了。高中時代那個暴君歐教官啊。我最近常夢到他，老是被驚醒。

你還記不記得有次我在背後嗆他，結果我躲起來，你卻出來頂罪。

結果他揪著你的衣領，把你拉到教室外，狠狠毒打一頓。你痛得走不動，還是我背你回家的。

昨晚我對他說：我再也不怕你了。別再出來嚇我。滾回你的墳墓去！老哥，他有沒有吵你，害你也睡不著？」

老張毫無反應，嘴角下垂，眼睛盯著窗外，動也不動。好像老李不在這裡。好像老張不認識老李。老李好像在對喪禮上的一副棺材自言自語。

老李知道現在幫老張清洗整齊，下個月來還是會一團亂，心還是會揪在一起。

老李淚流滿面，每次離去都發誓：這是最後一次來。但每個月的第一個星期一，老李還是坐公車去安養院看老張。

他要打點梳理好老朋友，然後推著他的輪椅到窗前，讓他看看流轉的車流，餵他吃最愛的貢糖，讓他可以定義自己的快樂，達到小小的滿足……

老李只是納悶：「等我的時候到了，是誰會從大老遠坐公車來看我，握著我的手，對我說話？」

獨特的存在

一對年輕夫婦長期帶孩子來給我看。早產兒，生長發育遲緩，自閉，又有嚴重氣喘。成長的過程有點艱辛。

先生告訴我，太太最近又懷孕了。因為前一胎已經把他們嚇壞，經濟狀況也不是很許可，初步決定不要這個老二，問我的意見如何。

我其實被同樣問題轟炸過很多次。我誠實告知：「氣喘過敏是會遺傳的。尤其你們一個有氣喘，一個有異位性皮膚炎，……」

這其實很難，每個案例都不一樣。情況很複雜，我傾向不置可否。

「那你自己怎麼想呢？」我反問這位媽媽。

對談之間，我發現這對夫婦思想成熟，個性溫和不趨極端，有穩固的人際關係，收入也不差，很適合給孩子一個溫暖的家。

我終究還是給了一個充滿情緒的建議：「再過九個月，你就會看著這個嬰兒，感到驚異，覺得沒有他你活不下去……」

這一點都不科學。話出口那一剎那，我也想到：產程不順、分娩困難、又一個身心障礙的孩子、產後憂鬱、被雙方家庭排斥、經濟困頓……

我說得倒輕鬆。這不是我的問題，到時候，抱著這個小孩的是他們。

但這是我的肺腑之言。在我的行醫生涯裡，還沒遇過繼續懷孕下去而感到後悔的。

這對夫婦若有所悟而返。一年多後，兩人抱著愛的結晶來到我門診。

一個健康的女嬰，柔滑皮膚吹彈可破，兩個眼睛圓澄澄的。頭兒微仰，手亂划，任我玩弄於雙掌之間。

六個月大。友善好奇，好惡分明，自有主張。我大概看過成千上萬個了吧。這是小兒科醫師的特權和愉悅美妙時分。

「快要會爬了！」我說。

我把她從驕傲的母親懷中抱過來，她咯咯笑了，充滿燦爛陽光的生命力。一種未來世界的鮮活氣息。

每個孩子都是獨特的存在。

Gap

兵馬倥傯的兩天，我和老趙，在落日餘暉中，佝僂著身軀，擠在高鐵自由座的車廂中，動彈不得。

以前的賽程併日而行。還記得某次的醫學盃在屏東，我倆被迫搭北上最後一班台鐵普通車，回到家已經快天亮了。

太陽升起，無縫接軌，繼續上班……我們傾向把行程填得滿滿。這樣做讓人心安。

這次醫學盃的第二天因為輸球早歸，時間竟多出一截，形成不知該怎麼辦的「人生間隙」（Gap）。

在醫院，每天看著老趙緊繃著臉，總是想要完成什麼似的……

在車上，我們兩個「衰尾道人」熱切討論種種敗戰的可笑理由和明年東山再起的可能……

突然發現，唯有在這樣的時刻，可以和老趙話話家常、聊聊近況，問問彼此好不好，享受當下的放空，感念曾經的擁有。

談起醫院裡的一群人，終其一生，像發瘋似的拚命想填滿生命空隙，這樣值得嗎？

先到台中開會，買了早鳥的預售票，我捨不得換，寧在高鐵站等待，第一次悠閒地吃了「高鐵便當」……

到桃園站，我們為了孝敬老婆，買了「佳樂」的桂圓蛋糕作「等路」，自己卻先品嚐了一個……

我沒有參加團體賽，老趙塞給我旅遊補助費，硬是向姜領隊ㄎㄧㄤ了一個「季軍」獎牌給我……我快哭了。

我們一起搭機捷回林口，老趙到A9，我到A8。

捷運站務人員透過麥克風傳來電腦語音，反覆說道：「Mind the Gap（小心缺口）」。提醒乘客，留意車廂和月台間的一段空隙，不要一腳踩空了。

我原本認為：「我一定是沒事幹才會從大老遠跑來嘉義參加這種比賽。」

回途中念頭一轉：「有何不可？人生需要一些空檔（Gap）」

Life has a gap in it。人生有缺口，它最好有。

有了它才可以在人過中年的庸碌人生中開展另一道視野。

寫給一位癌症朋友的信

當你告訴我，你得了「癌症」，我雖然震驚，但我深信你會沒事。

症狀很輕微啊。起初只是嘔吐，可能是工作的壓力，吃了一點制酸劑就緩解了。偶爾還有一點腳酸和疲倦。你仍活躍在球場上……

直到有次你右膝受了傷。X光一照才知道在遠端股骨、肩胛骨、臀部都有異常，在肝臟有一個很大的腫瘤。你還年輕，有本錢。

我深信你會沒事。

到了血腫科，我陪你全程參與了治療和預後的討論，醫師說，你康復的機會渺茫。對我來說，這沒什麼意義，不能康復不代表死亡。

我深信你會沒事。

治療的選擇有限，主要是這種癌十分罕見。我動用所有人脈，把癌症專家都找來會診。

我問：「為何不能試試各種『實驗性』的用藥？」大家都搖頭，認為風險太高……

我深信你會沒事。

後來，你的腫瘤使肝臟大了三倍，靜脈回流阻塞，下肢腫脹疼痛。醫師為你安排栓塞治療，化療開始。一度好轉。不知道醫師為什麼硬是要警告，說奇蹟不可能發生？

我深信你會沒事。

果然沒多久，腫瘤回來了。這次症狀像野火一樣蔓延，再也澆不熄。醫師說，這次一定要用最先進的「免疫療法」，拼拼看。

我仍深信你會沒事。

你開始出現反覆感染，皮膚傷口長久不癒。你依然堅強而積極，我們擬好了許多出院後的計畫要執行。

我仍深信你會沒事。

後來你被轉到安寧病房。慢慢的，你不吃東西了，變得安靜，點滴裡嗎啡的劑量不斷調高，你陷入昏迷……

我第一次覺得，你可能有事。死生亦大矣。再怎麼不願意承認，每個人都會經歷，都會來這麼一次，而時間不在你這邊。「癌症」有它自己的時鐘。

謝謝你讓我參與了你「與癌症共舞」的旅程，這使我的人生因此大不相同。

我這才意識到，癌症和我想的，是多麼不一樣。癌症病人是最易心碎的族群，處於人生最脆弱的時刻。

你的每個醫療決策，都和我「參詳」。我和你分享過太多，十字路口上的掙扎進退時光。

我好像讀書讀在背上，發現自己懂得很少。

整個過程，我看到了，癌症不只是影響你肉體的病痛，它也是靈魂的疾病。

無法討價還價，「癌症」不會心軟、寬恕，或輕輕放過你這個人的每一部分，包括身體、心理，和情緒。

它會測試你的力量、信仰、愛……到極限，甚至更多。一陣風暴才剛過去，又看到遠方烏雲密布。

癌症的「出頭真多」，你說。我只能苦笑。

許多時候，我們相對沉默，為山雨欲來的壞消息感到憂心沮喪；卻又有些時候，我們看見黑暗中的彩虹，忍不住雀躍慶祝。

人生的悲傷，憤怒，害怕，歡欣，喜樂……都變成了粗體字，深刻存在共同記憶之中，而且我們還不斷製造新的。

你的旅程教會了我，要用不同的透鏡看人生。要去珍視，每個微小的生命枝葉顫動。

你說你想再去滑一次雪，看一次海……去過想要過的生活，決定想跟誰一起就跟誰，並享受每一分鐘，活到極致。

寫這封信給你的時候，你已經飄到一個遙遠的地方，一個夢幻天堂。

沒有病痛，沒有淚水，沒有監視器的喧囂，也不會再有人圍著你學習。

我必須羞愧承認自己的無知。你的離去，比我想像中快了很多。

我總以為，你還好，應該沒那麼快，該還有幾個月、幾年，甚至會一直保持這樣，永遠「沒事」下去……

謝謝你讓我成為你旅程的一部分，並且把你的信任交給我。我因此獲得了視野和成長，不管在心智上和職業上。

疾病有醫學教科書沒寫的東西，疾病有比死亡更令人懼怕的成分。

我希望我的陪伴至少有幫上你一點忙，雖然遠不及你對我人生的啟迪與助益……

你教會我：在繁忙匆促的臨床工作中，有時必須找張椅子，坐下來，握著病人的手，傾聽。

努力做病人漫漫長夜中的一道曙光。

謝謝有你（一位癌症病友自述）

念研究所的時候，我得了癌症，必須休學，到醫院奮戰一段時日。我的大好前程呢？這不是真的，我對自己說。

但當護理師叫我脫掉衣服，穿上醫院睡袍，打上點滴，我才開始害怕。這是真的。

化療到一半，我就逃了。我消沉。我酗酒，我想死。有一次昏迷在自宅，救護車破門而入發現我的時候，已經奄奄一息。

不能更慘了。我全身插滿管子，躺在醫院病床，看著天花板。

這次住院，藥下更重了。我骨髓沒作用了。醫師說，我必須活在沒有血小板沒有免疫系統的軀體裡一個月。

幸好醫院有「護理師」這種人員編制。

是護理師發現新手住院醫師對我開錯了藥；是護理師看我一直掉髮，好心拉我到浴室，為我刮鬍子理個光頭……

是護理師警覺我講話有一點不連貫、臉色有點蒼白，通報主治醫師，發現我的腦子在出血；是護理師在我術後神智不清的時候，用毛巾擦拭我的額頭，用冰塊沾溼我的嘴唇……

用輕柔的語調，問我有沒有好一點？（我已經到天堂了嗎？）是護理師一直安慰我的家人，向他們報告我最新的狀況，簡直比他們還急；是護理師在過年前夕，不眠不休握著我的手，確定我沒有再繼續流血……沒有護理師，我活不過這個月。

我撐過來了，疾病進入緩解期。我問醫師，我到底還有沒有癌症？要不要繼續接受化療？有沒有副作用？

在晦暗的十字路口：如果我拒絕治療，而癌症復發，我一定很後悔當初為何沒有接受化療。

如果接受治療，癌症沒有復發，我一定又會以為：或許不治療也會好，幹嘛忍受這些副作用？

無論我選擇哪一條路走，都會有憾恨、有風險。原來沒有所謂「好了」的癌症。

護理師對我說：「接受化療吧！然後把你的人生活到最好最滿。」學校寄通知來，因為我生病太久，博士班以前修的學分都不算，必須重新開始。

是護理師陪我聊天，教我不要用別人的價值觀來看自己，我並不是魯蛇……護理師為我打最後一次藥時對我說：「這是我們所能給你的全部，剩下的要靠你自己了。」

到目前為止，已經四年。腫瘤沒有回來。但化療有效嗎？我永遠不會知道。我只知道它確實難受。我的手指麻木，失去了部分聽覺，醫師說是化療的副作用，一種神經病變。

但我作了正確的決定，畢竟我還算「健康」，我還在路上。護理師說：「未來不可知，你只能控制你的行動，卻不能控制行動的結果。」

因為這句話，我找到智慧，找到平靜。我不再為小事抱怨。是護理師使我得以驚喜、感恩、熱情來迎接生命多出來的每一天，勇敢的作「癌症」的倖存者。

後來我拿到了PhD。
我不是信教的人，但我發現有天使在人間行走，他們的名字叫「護理師」。

再選一次，還是要當醫師

看似輕鬆悠閒的診間問診，定期的病房巡視外，動輒須連續工作超過 20 小時，或在名為休息的時間，實則仍須持續 on call 待命，更是許多醫師工作的常態。

除了第一線盡力保護生命，不讓生命消逝所帶來的壓力與勞累，有時甚至有著成為被告的可能。

但面對病患痊癒，甚至臨終病患家屬一句發自內心的：「醫師，謝謝！」

就算再選一次，我還是要當醫師。

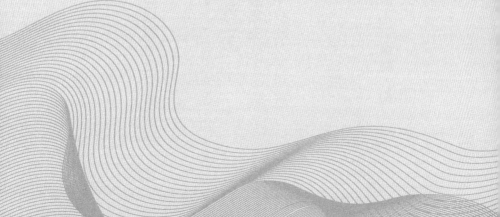

醫師仍然是一個高尚的志業

我的一位朋友「原來」是醫師，多年的沙場征戰，使他成熟幹練，能力很強。

某天，有個病人在他的班突然失去心跳。醫療團隊努力搶救。大家急如星火，分頭在病人身上施工，血庫用最快的速度把O型陰性的血一袋袋送來……每個人都知道要分秒必爭，盡所有可能，救這個病人的命。最後失敗了，病人沒救回來。當晚，他為這位先生的死亡感到哀悼，但他為團隊的努力感到驕傲。

他覺得自己盡力了。但後來結局是：他被告了。他收到了傳票，上了法院，變成被告，被當成「罪犯」對待。

他紅著眼睛，不知道如何辯解、如何還能做得更好。深深為病人、家屬，和自己感到哀傷。

往後的兩年，他因官司而奔波，自我懷疑，失去了信心和尊嚴。

「被病人告」成為一種劇毒，使他武功盡廢。

他說：「不管你多有經驗，是多好的一個醫師，你還是遺漏掉一些東西，你還是會犯錯呀！何況即使你沒有，也會被說成有……」

這打擊太令人沮喪了。他還年輕，決定放棄行醫，改攻法律。經過一番波折，他順利取得律師執照，專打「醫療訴訟」官司。

因為他有醫學背景，逐漸打出名聲，他的生意不差。他的角色就是盡量提供病人家屬充足的理由。

許多以前在醫院的醫師同事，為求自保，紛紛請他演講，向他求教，種種看病時遭遇的「難局」，法律怎麼說。

「什麼？病人辦自動出院？表示你離法院又更近了。」

「你病歷這樣寫，會有問題喔。」

「最好有錄音和拍照存證。」

「這個可以告。」

……

在醫師群中找回自信的他，彷彿得到某種平反的快感。

某天夜裡，他眼睛突然劇烈疼痛，視力模糊，跑到急診求診。他等了一陣子。有點生氣，他的「律師性格」發作了，他覺得很多地方可以援引法條提告。

可當他看到許多生病受傷的人進進出出，有的滿身是血、有的虛弱到不能走路、有的蒼白等待輸血，憂心的家屬陪伴攙扶著……而醫師們白袍沾著血跡，像蜜蜂一樣穿梭其間，不能片刻休息，連飯也沒時間吃……

他的「醫師本質」終究沒有被抹滅，他竟有點不忍和疼惜。他曾經也是這裡的一分子，他懷念自己曾有的熱血和真誠……

值班醫師終於來了。面帶笑容，熱切與他寒暄，仔細問他病史，並幫他作眼底檢查。

診斷是「急性結膜炎」，立馬開了眼藥水給他點。

說也神奇，他立刻就不痛了，而且眼前事物變得清晰起來。

他突然看到：在這個混亂的年代，醫師仍然是一個高尚的志業，受到很多人的信任和尊敬，包括他這個專挑醫師毛病的律師。

他竟然有點想回家翻箱倒櫃，看看他的醫師證書還在不在。
他極力想否認都不行，醫師給他開的眼藥水還真xx的有效。

工作到不要命

最近一位外科醫師朋友猝死，死時才五十幾歲。

除非曾經親身經歷過，家屬的痛難以形容。妻子的目光呆滯多於悲痛，孩子們的臉因驚嚇而無淚。

我們作友人的陪在身旁，說什麼也填補不了喪失丈夫父親巨大身影留下的空虛……

只好說：「明天還是要繼續」。但再也不是原來那個樣子了。

是超時工作？是壓力太大？輕忽健康？……答案應該都是。

我總是納悶，他非死不可嗎？如果在某些關鍵時刻懸崖勒馬，懂得收手，改變他忙碌的行程，會不會可以逃過一劫？

他和許多「工作狂」的醫師一樣，永遠為病人奔忙，受時間驅使，被成就和責任所桎梏。

不知道多大的報酬才夠？夠了還要「更夠」？是誰控制這一切？是誰要付出

代價？誰知道代價有多大？

朋友堅持前輩學長的優良刻苦傳統，他覺得他還行，他不知道有更好的路可以走，他以為沒別的路可走，他要戰到最後一刻。

在我們那個年代，「醫學是善妒的情婦」。

有一次外科尾牙，主任告誡外科住院醫師的伴侶要認命：「不要期待你的另一半會準時下班。」

外科醫師的伴侶通常都很會自己修東西，因為另一半經常不在……

一位醫師的太太被問到：「先生要出國進修一個月，你一定手忙腳亂吧？」她搖搖頭說：「反正他在家和不在家沒什麼差別。」

一位醫師的女兒說：「我們在八歲以前對爸爸的印象很模糊。」因為她八歲以前被媽媽要求晚上九點以前就要上床，爸爸還沒有回來。

一位心碎的醫師爸爸說他青春期的女兒拒絕和他喝下午茶。女兒說：「我小時候你沒時間陪我，現在換我沒時間陪你。」

更誇張的，一位心臟內科主任長期睡在醫院，以至於他的兒子問媽媽說：「爸爸死了嗎？」

一位醫師朋友在國外旅遊的時候，突然胸痛，呼吸短促，他下意識就覺得是心肌梗塞。

急忙要司機停車，他走出車外，躺在草地上做深呼吸。

他囑咐妻子拿出皮夾內「硝酸甘油酯」，置於舌下。症狀雖未完全消失，但略有緩解，為他爭取到送醫院急診的時間。

急診醫師問他：「以前有沒有心絞痛的病史？」他說並沒有。

「那為什麼你在旅途中會準備硝酸甘油酯？」

「因為我是工作到不要命的醫師，自己知道是標準的心絞痛患者候選人（candidate）。」

心導管檢查證實：兩條冠狀動脈有百分之七十到八十的阻塞。朋友接受繞道手術，撿回一條小命。

哀哉。

即使是醫師，對心臟的病生理瞭若指掌，還是等發生了再說。

「思路」和「生活習慣」很難改變。

冠狀動脈有三條，生命可貴只有一條，而且會在你不經意的時候，毫無預警，一去不復返。

莊子：「自三代以下者，天下莫不以物易其性矣。」

解藥是老子的：「上善若水」。

謙卑柔順，和諧坦然，與世無爭，說來容易。

PS：

1. 心肌梗塞有時也在睡夢中發生。醫師枕邊人（元配或情婦）應學好「心肺復甦術」。
2. 三年一度的ACLS[3]要認真學習並注意觀察，避免與Mega code[4]不及格（看他對待安妮的方式）的同學出遊。

---

3 ACLS：Advanced Cardiac Life Support，「高級心臟救命術」的縮寫。

4 Mega code：高級心臟救命術的實地操演，需臨機應變的一種考核。

應許之地

被卸下急診室主任職務的那一刻起，沒人要跟他講話了。手機不再響了。Email的信件銳減為十分之一。

走在走廊上，原本熱絡的同事，為了「政治正確」，躲他躲得遠遠的。他對人情冷暖，有了更深刻的見解。

工作小組的成員被撤了，之前一年努力改善的一切全部作廢。

「真想不懂。我到底是哪裡做錯？辛苦經營這麼多年，救了多少人。上面說砍就砍，令人寒心……」

其實這是制度，不是針對他。他們其實無從選擇，只能配合新的狀態。

他深深受傷了，覺得遭到背叛。他還年輕，像一頭野獸，這件事激發他的鬥志。他可以選擇，他要出去衝衝看。

他真的辭職，到另一家醫院當急診主治醫師了。

新的環境，新的桎梏。人生地不熟，他虛心學習適應，隨傳隨到待命，十分盡職。

卸下行政職務，反而有空作作研究，教教學生，沒什麼不好。

想到以前，就是每天不停有陌生文件放在桌上，堆到一定高度，非得看它們不可，卻來不及細讀就簽名。

這些文件，像藏著不定時炸彈的包裹，總有時候搞不清楚狀況，隨時等著出包。

為了貫徹任務，還要言不由衷，隨時裝出許多嘴臉，得罪許多人。回家照著鏡子，還會問問自己：「他是誰？」

不。這個工作不是享受，但卻會上癮。他有點「戒斷症候群」，沒有「如釋重負」的感覺。

看著空蕩蕩的辦公室，嘴巴不說，其實心裡是滿落寞的。

他個性剛直，有一次開會，他不諳這裡的「文化」，據理力爭，一言不合，竟然公開頂撞主任，讓主任下不了台。

某天，他輪急診白班，從早上八點到晚上八點，來接他的班的剛好是主任。

他想好好表現，挽回一點他在主任眼中的負面形象。

於是捲起袖子，努力幹活。東奔西跑，問病史、打針、抽血、記錄病歷……病人住院的住院，回家的回家，留觀的病患很少。

八點整，主任來了，戰場也被清理得十分清爽。他期待一個讚美和肯定。

結果主任說：「怎麼病人這麼少，看起來你今天還滿涼的嘛。」

他摸摸鼻子走人。心情頓時十分惡劣。

在開車的歸途上，他心想：如果我的班留很多病人給主任，主任會怎麼說？一定是：「怎麼錄取這個偷懶不負責、上班只會喝茶聊天的傢伙？」

主任那副德行，他太熟悉了。他學得傳神，想著想著不覺莞爾。突然覺得，他並不羨慕這個主任。

結論是：主任既不了解他也不喜歡他。無論他怎麼做，都不可能取悅主任。都不可能改變什麼。

但他試了總比沒試好。至少他知道，此時此地，無論如何，他都不會贏。有沒有什麼職位其實不重要。他得暫時不理會那些冷言冷語，好好做自己，把船划好，把魚釣好，把病人看好。

司馬光說得好：「早避喧煩真得策，未逢危辱好收功。」

他益發覺得：能安心活躍地在早晨醒來，做好分內的工作，就是生命的禮讚。浮生若夢。特權都是短暫的，當下最好，把握現在。

他覺得自己太魯莽、太衝動了。

在以前那個醫院，有許多人從沒把他當主任，他們是因為認識他這個人而尊重他。

他很懷念，以前和一些志同道合的好夥伴，為不計名利，一起努力做出不一樣的事情而感動……

他想起《出埃及記》第一章第八節的故事：

「埃及出現一個新國王，不認識約瑟。之後以色列人過了一段苦日子。但他們終究找到『應許之地』（Promised Land），屬於自己的樂土。」

哪裡才是他的應許之地？他還在熱切尋找中。

院長信箱

有一次，我的小病人痊癒出院了，家屬在「院長信箱」投下感謝信，被PO在布告欄。

這種感謝信通常會有個名單：媽媽開始點名。（我滿心期待，不知媽媽會如何稱讚我？）

照顧孩子的每個護理師、呼吸治療師、衛教師、志工叔叔、阿姨，甚至阿嫂都提到了。

醫師的部分，媽媽寫了住院醫師、臨床研究員、會診醫師的名字……

讓我感到訝異的是，媽媽連「見習醫師」的名字都寫上去了，就是沒有寫到我。

我原本有點吃味，繼而一想，這位見習醫師每天早上都會去探望孩子半個小時以上，而我查房只有五分鐘……

這位學生儀表端莊、繫領帶，白袍熨得平整服貼。我穿得隨性，不修邊幅，休閒衫加卡其褲；感覺有點像修水管的……

成功不必在我。我把這位學生叫過來獎勵一番。

一位外科主治醫師的朋友也有相似的經歷。他告訴他的住院病人：「腹痛是因為膽結石，所以需要開個刀。」

病人回答：「好吧，但是我要跟『我的醫師』商量商量。他說好，我才要開。」

病人一邊說，一邊指著一位醫學系五年級的學生，這兩週被指派來跟他學習的。

朋友欣然同意（不然他要怎樣）。後來手術一切順利，病人要離院時，朋友問他：「為什麼選一個醫學生當『你的醫師』？」

「他每天傍晚下班後都來看我。問我做什麼謀生、問我的家人如何、問我住院最困擾的事情是什麼……」病人說。

「他是在這醫院裡面，唯一肯跟我談話、解釋每件事情，而且還鼓勵我的人。」

「他是『真正』的醫師。」……

沒錯，「院長信箱」通常讚美多於責難，帶來一種溫暖，使人想起自己為什麼要當醫師。

但如果醫師當久了，也會遇到一些負面的反應，有時還會動用到「法務」。這種「暗黑」的投訴信，不會PO在布告欄，但一定會讓你知道。

有時候這類案件也可能大家都會知道，因為它有可能成為一個「教案」。

我剛當上主治醫師時，有一次家長寫了「院長信箱」，要找我「開會」。他們的女兒剛從「敗血症」中康復。

父母質疑，幾週前他們帶女兒看我門診，為何我沒有診斷出來？

我複習了病歷，回想一下。我確實診斷她為上呼吸道感染，幾個小時之後，父母親不放心，把她送到急診處，急診醫師也同意我的看法，放她回去。孩子繼續高燒不退，身上出了些疹子，才懷疑有其他什麼的。後來住院才診斷出來。

很多病起初的症狀就像病毒感染，需要時間才能慢慢現出原形呀。

我感到憤怒、挫敗、不公平。我努力搜索文獻，準備答辯。洋洋灑灑，寫了很多張講稿，越寫越覺得委屈。我嚴陣以待。

開會當天，我才坐下來。

「她差點死掉！」病童的媽媽立刻說：「你知道嗎？醫師，我們的女兒差點死掉！」

我大受震撼。父母把病童委託給我，是信任我，覺得我可以。我該緩解他們的害怕，保護孩子的安全，結果事與願違。

我開始想像，孩子病情急轉直下，意識不清，生命現象不穩的時候，他們是何等擔心害怕？

是不是那天看診時急了些？沒有解釋清楚？當天確實病患多一點，有一點倉促……

他們所託非人，對我失去信心，心裡一定很惶恐憤怒。確實，他們有可能因此失去這個女兒。

家人找我開會，不全是要質疑我診斷失當。

我想，更多的是父母試圖要我理解他們對於女兒差一點便生死永隔的恐懼。

於是我明白，開會時我的角色，不是拮抗，而是同理，不是強辯，而是傾聽。

我帶來的講稿，通通沒有用。我聽著媽媽訴說他們的心路歷程，我們一起目光泛淚。

後來他們沒有再追究下去。它沒有成為「教案」。

被告的可能

八週大的小baby求診。呼吸道感染症狀，應該是哥哥感冒傳染給他。

媽媽提到，孩子有些噴射性嘔吐情形。一陣子了。我心想，伴隨病毒感染，這並非不常見。

「沒什麼大礙。先少量多餐餵餵看。」我告訴媽媽。

孩子體重正常，「幽門狹窄症」（典型症狀就是噴射性嘔吐）的可能性，十分遙遠。

我打算開一點藥，要媽媽回家觀察，再門診追蹤。順便問一句：「家裡還有人生病嗎？」

媽媽說：「公公的眼睛發炎來長庚開刀。醫師說是綠膿桿菌引起的。

「醫師，什麼是綠膿桿菌？」

我回答：「不太常見。老人家或抵抗力不好的小孩，比較容易感染上。」

媽媽說：「給前一位醫師看了很多次，他一直說公公的眼睛沒什麼大礙。」

切都在控制中。轉到長庚，這裡的眼科教授卻說，公公的視力不可能恢復了。醫師，你看這樣可以告嗎？」

我急忙說：「這細菌很毒，臨床病程可能快速而猛爆，很容易讓醫師措手不及，未必是醫師的錯喔！」

我趕緊再幫孩子摸摸肚子、聽聽腸音、補補病歷，感覺「幽門狹窄症」的可能性越來越高。

「既然來了，還是幫孩子安排一個腹部超音波檢查比較放心。」我說。

副教授

朋友在醫院當主治醫師很久了。助理教授幹了八年多仍卡在那裡，升不上副教授。是他不懂人情世故？還是主任跟他八字不合？

一路追逐，卻不知是誰在裁判這遊戲的勝負？世間很多事情都是這樣。

最近，他聽說早年赴美進修時的指導教授，一位某個領域的大師，在美國中風，病倒昏迷不醒。

他焦急萬分，趕緊訂機票，並連絡當年一起追隨這教授習醫的，各大醫院的「師兄弟們」，要不要一起去看看。

大夥兒都沉默了。他們的表情告訴他：「大老遠的，還要請假。況且人都『倒』了，幹嘛還去？」

想到老師以前照顧他種種，朋友還是決定飛到美國探視。

有些猶豫，他向科主任請假。主任是一位懂得察言觀色的教授，坐直升機似的，權勢扶搖直上，無人可擋。

他向主任委婉解釋，因為「同梯」的師兄弟都「有事」不能去，他義無反顧，非挺身而出不可。

意想不到的，主任這次沒有一如往常要他務實一點留下來寫論文，反而爽快答應他的請假。

朋友高興承諾，一定會替主任向老師致意。於是風塵僕僕的就飛去美國了。

走進病房一看，老師當年意氣風發的模樣哪裡去了？現在一頭白髮，滿臉皺紋，牙齒都掉光了。

聽當地住院醫師簡報，果真很糟，昏迷指數三到四分。老師大概不會知道他來了。

想到當年他剛到美國，人生地不熟到處闖禍，老師總是和顏悅色，幫他收拾善後。

實驗屢試屢敗，老師也不以為意。眼神好像在說：「你還年輕，學習階段嘛。可以再搞砸幾次，我還是會把實驗交給你……」

他記得，老師好客愛熱鬧，假日時fellow們常常每人帶一道菜到他家作客。他帶的dim sum（蝦餃和燒賣），總是最早被一掃而空。

吃完大夥兒就散步到海灘看落日，七嘴八舌，預測著太陽消失在海平面的時間，看誰比較準……

如今時候來了。老師也像巨大的黃金火球緩緩落下，等著夜色吞沒陸地與海洋，一切復歸於無物。

師母噙著淚說：「他住院兩個星期，你是第一個來看他的學生。」

他與主治醫師討論病情，並安慰家屬，詢問有沒有需要幫忙之處，熱心四處奔走……

「累是累，可是心裡滿踏實的。」他回國向主任詳細報告探病過程。

過了三個月，我在醫院走廊碰到他。他神清氣爽。

我無法不注意到，他的長袍左胸口袋上方，繡著亮澄澄的「副教授」字樣。

違點法

他是年輕的家醫科醫師，才剛升上主治，有了自己的門診。他特別注意「經營」病人。

他發現，定期追蹤的一位八十歲老婦人，最近突然失去音訊，不再回診。沒有電話。他按著病歷上基本資料留的住址，帶著急救箱，開車前往探視。路程比想像中岐嶇遙遠，她老人家是怎麼來看診的？

終於找到老婦人的家。在一偏鄉陋巷，房子極狹小，又溼又冷。

一進門就聞到尿騷味與霉味，桌上散置幾片乾扁的吐司，沒有其他像樣的食物。

再往裡頭走，進到臥室。他看到老婦人躺在床上，孤獨害怕，形容憔悴，但神智清楚。

一問之下，照顧她的老伴才剛突然過世。她沒有親友，沒人打理她，顯然挨餓一陣子了。

醫學上沒有明顯的「疾病」，但任何人都看得出來，她的「處境」艱難。

他心想：「得替她想點辦法，她不能這樣留在這裡。」

他想載她到醫學中心急診室，先打個點滴，然後讓她辦住院。

可是除了年紀大、各器官老化外，還真說不出個病名。

健保規定，醫院是給重大急性創傷、甲狀腺危象、酮酸中毒、肢體無力……等病人住的。

以她的「疾病嚴重度」，恐怕還沒達到住院標準。

醫學院老師有教過他，有時候為病人福祉所必須做的事，不見得是合乎法規的事。

在這風風雨雨的社會，許多弱勢者「診斷」的背後是不公義、被忽視、被虐待。

醫師應該作貧窮可憐病人的「義務辯護律師」，爭取他們的權益。

他只好在不悖離現實的基礎上，在轉診單上多寫一點。

「身體虛弱」、「行動不便」、「輕微脫水」、「進食困難」……

人間到處有溫情，急診醫師看出轉診信上的「弦外之音」，雖然檢驗報告大致正常，還是「勉予同意」讓她住院了。

社服部為她找來臨時看護，老婦人得到了安頓。

有時候，老人最需要的，不是病名或處方，而是一個熱水澡、溫熱的一餐、一張舒適的床、一點善意……和一雙溫柔碰觸她的雙手。

過兩週，住院醫師打電話給他，告知老婦人的病情：「首先，謝謝您轉診xx病人給敝院。」

咦？還沒出院？他有點心虛，老婦人「沒病」卻占了兩個禮拜的床位。

住院醫師繼續說：「因為您說病人有『進食困難』的症狀，我們為她安排了『鋇劑食道攝影』及『內視鏡』。結果發現她患了早期的食道癌。經手術處理後，病人已無大礙。多賴學長高度警覺，迅速轉診她住院。大家都很佩服您的臨床判斷呢。」

是嗎？看來，他可要繼續幫貧窮老弱的「委託人」「違點法」。

診間醫「聲」

因兄長自殺而受盡恐懼折磨的精神病女患者、從不回答醫師問診的年輕愛滋女患、在病人告別式上痛哭失聲的小兒腫瘤科醫師……看開人生的豁達、無能為力的痛苦、忍禁不住的悲傷，數篇來自各診間的生命故事，不斷地揪緊你的心。

麻木（一位精神科醫師自述）

從一開始，這個「關係」就走得很不容易。他挑剔多疑，說話帶刺，喋喋不休。

似乎沒有什麼可以取悅這病人，我做的每件事都錯。隨時間推移，情形並沒有改變，每次看到預診名單上有這病人的名字，就忍不住嘆息。

這是一個讓人「心沉」的病人。我的困難病人。他需要我全盤的專注，卻又鄙視它。他呼嘯而來，無休無止，要和我周旋到底。

而我竟也漸漸感覺麻木，不想深究。發展出一種讓自己置身事外的對應方式。

覺得他這個人就是這樣。屬於某種「外星人」，「稀有品種」，或者「奧客」……

中年之後，雖不算看透世情。遇到人間難堪的處境，確實不再那麼摧心摧肺。不再有青年那種噴發的激情。

「麻木」是確確實實的神經生理現象。也是生命歷程的保護神。日子無法在激越對抗中過下去。

有一次醫院想改善病人看病的品質，於是要病人填一份「滿意度」問卷。(這東西現在很多，不是嗎？)

那位讓我心沉的病人也填了。他在家族史裡寫著：大哥有憂鬱症。在某次車禍中喪生。

他從未向我提起過。我謹慎的問他：「聽起來你們很親近。可不可以多說一點關於您大哥的事？」

病人猶豫一下，開始娓娓道來。他說家裡四個小孩，他是老么。大哥帶他上學出遊，大哥總是護衛著他，讓他覺得安全。

病人講述那些和大哥共度的童年探險時，好像陶醉在時光中，露出從沒見過的微笑。

大學的時候，大哥生病了。反覆的恐慌，沮喪，失眠……當心情不好到連起床也困難時，就會打電話給他。

大哥死前幾天，臉色蒼白，說話如連珠炮似速度很快時，只有他聽得懂，大哥在講什麼。

「我為他打了好幾次119，好幾次破門而入……讓他活下去，變成是我的責任……」

「我大哥死的那一天，我的人生也隨之結束了。」

從那一天開始，醫病「關係」有了顯著的改善。他的症狀依然「難治」，但基於我對病人的「新了解」，情況變得容易處理。

病人不那麼衝了。話中不悅的成分減少了。跟我分享更多生活上的事情了，願意跟我「親近」一點了。

每次回診，病人總會提及一些關於大哥浮光掠影的有趣回憶。我總是傾聽。然後我們相視而笑，眼眶一同泛起淚光。

原來病人只是一個遭逢人生重大損失而悲傷憤怒的弟弟。「困難病人」只是一個「標籤」，不是真正的他。

邇後在門診預約名單上看到他，我的感覺從「心沉」轉為「心痛」。

這對我是個「新正常」。我慶幸自己還能「感覺」，不再麻木。

小玲（一位感染科女醫師自述）

小玲從來不回答。每次聽我講完話後，總是回以一個淡淡的、帶著哀傷的微笑。

上班的時候我覺得我辜負了她，下班了回家我覺得我辜負了我自己。

小玲的眼睛先是搜索地板，慢慢上升，凝視我的眼睛，然後頭往上抬，望著天花板，苦笑一聲，對我說：「妳一定覺得我很傻，對不對？」

我的心往下沉。經過和她漫長的「對峙」，我仍不知如何幫她，沉默或許是最上策。

小玲家境貧窮，來自南部鄉下，高中畢業以後，到台北讀夜間部，白天作餐廳女侍，日子倒也還過得去。

後來朋友介紹她認識大她十歲的阿雄。出手闊綽、帶她吃午餐、看電影、買衣服，她知道他的目的是什麼，她放棄抵抗。

後來她發現阿雄有別的女人，關係很亂，憤而吵架分手，她又重回孤獨生活。

過一陣子，她開始高燒、寒顫，被送到醫院。現在坐在我對面，我剛剛告訴她，她得了「愛滋病」。

我把衛教資料放在一邊，不打算現在討論疾病的處理和預後。醫學知識也有無言以對的時候。

她熱切的凝視告訴我，她要的是別的。她的內心波濤洶湧，而我不知道如何應對。教科書沒有教我如何面對這樣的人生時刻。

面對眼前這個素昧平生的女孩，我竟感到暈眩、脆弱，充滿無力感。

幸福的病人是很類似的。不幸的病人則有各自的不幸，需要細細聆聽。

我所能做的，就是靜靜陪在她旁邊。許久，許久。面對她的質問，我把手放在她肩上，清清喉嚨：「我不會。」我終於說出口，緩緩的搖頭。

「你說什麼？」她以困惑的眼神看我。

「我不會覺得妳傻。」我凝視著她說：「我覺得妳非常勇敢。」

小玲先是驚訝，她仔細閱讀我，眼神犀利而具穿透性，像是要確定我的忠誠度。

我怕說錯話，感到不安，望向他處。後來，還是讓四目交會。兩人在沉默中不知所措，最後決定一起放聲大哭。

一直以來，我以為醫師只是一份「工作」，我自認沒什麼「同理心」，對病人的遭遇感覺冷漠。

直到兩年前，我發現先生有外遇。我以為只有病人才會被背叛，我不敢面對，墜入恐懼與失望的深淵。

我這才發現：小玲對我描述的症狀是真的。

例如先生遲歸聽到電話聲時的「心悸」；

例如先生編出連鬼也不信的藉口時的「胸悶」；

例如想到他和另一個女人在一起時的「噁心」。

從此，「醫師」這工作有了新的意義：我專注投入看病，來忘記傷痛。

我捨棄休假、幫同事代班，寧與病人為伍，只為避免一人在家的孤獨和落寞。

不必做到「視病猶親」，至少把病人看成朋友。自己的問題不能解決，解決病人的問題，帶來莫大的滿足感。

終於，我比較能成功「偽裝」出有「同理心」的樣子……學會和病人一起「感情用事」。

一位絮絮叨叨、總有無止境抱怨的老伯，在我耐心聽完他二十幾種症狀後，突然告訴我：「醫師，我愛您！」

聽起來比我的前夫真心多了……

所以我花更多時間與小玲交談，問她好不好。我們來自同一城市。我問她唸什麼高中？喜歡什麼音樂？

我告訴她：「你不孤單，妳的生命對很多人很重要。」

「既然不能倒轉時針，就奮勇向前吧。」我對小玲說：「活在當下，珍惜一些小事情……」

像我的話，就聆聽雨點灑在窗上的聲音，凝望落日餘暉，真的很有幫忙呢！

某天我問小玲是否還好。她點頭，把頭低下來。我問有沒有一些用藥的副作用。她搖頭。

我問畢，開完藥物。一如往常，就要道別。她突然用很小的聲音對我說：「可以抱妳一下嗎？」

「妳剛剛說什麼？」我問。她重覆說一次。

「可以啊！」我說。我們互相擁抱了一下。小玲說：「謝謝。」

那個擁抱那麼的短暫，卻是一種超越藥物的神奇連結，已夠我高興很久很久。

在那一刻，不僅是我碰觸她的心。她也碰觸我的。

她送我一張卡片，上頭寫著：「每天計畫做一件美好的事。」

除了看病開藥，發現自己是許多病人生活裡重要的一部分，是件幸福的事。

小玲的呼吸轉為平順，我告訴她，我會陪她一起走。我依稀看到她的微笑，帶著喜悅。在淚光中，我們眼前的路，寬廣而神聖。

醫師這一行：你療癒病人，病人也療癒你。

最珍貴的禮物（一位腫瘤科醫師的反思）

太太因為轉移性乳癌，在結婚二十週年前夕走了。

我當了二十年腫瘤科醫師，自然比任何丈夫都了解太太的疾病跟預後。太太所遭遇的，包括化療的副作用，候診室難捱的等待，穿梭在一間一間檢查室的無奈，甚至死亡迫近的恐懼和焦慮……這一切我都太熟悉了。他們每天都發生在我的病人身上。這些情境是我職業的一部分，我受過訓練。我無從抱怨。我感謝那些善意的醫療人員……

儘管我看過無數病人，但有些事我從沒學到。醫學院從來沒有教，如何處理醫生自己的哀傷與絕望。

歷經喪禮的忙亂，遺產的處置，處理過期的帳單和保險事宜……一開始我只是覺得「她」不見了，暫時到遠處去了。

一切恍恍惚惚如醉生夢死。我好像活在陰陽魔界。一切都那麼不真實。

等問候的人群散去，我獨自面對孩子和空蕩蕩的家。我才意識到她真的走了。我開始思念她，無休無止的。

親友不知道該如何安慰我，有意無意避開。我從不跟醫院的同事談心事。我的世界越來越小。這才發現，這個家的「社交關係」都是她苦心經營的。

隨著時間的流逝，我越來越想念她。表面上她好像缺席了我的人生，事實上，她形成一種更獨特的存在。

她是填補這個家庭和我的生活如此珍貴重要的一塊。

我不只失去了一個愛人，一個心靈伴侶。我也變成了孩子們的唯一家長。

尤其是孩子的教養問題和家庭的重大決策，以前都是我們兩個一起做決定的……嗯……好吧，其實大部分是她做主。

我現在總是試圖揣想，如果太太還在，會怎麼做決定？現在看來，她的決定總是比我的明智，果斷多了。

冥冥中她仍然在幫我下人生的指導棋。我用她的視角調整自己的想法。

感覺她就在家裡，她就在身邊。她生前有點嘮叨而熟悉的叮嚀，常常在我耳際響起，我恨不得她多說一點……

我以往只專注治療癌末病人，忽略了家屬的感受。我和他們好像處在平行時空，我只是在哄病人罷了。

太太的死改變了我看診的態度。面對病人，我再也裝不出淡漠，反而展現我心中最柔軟的那一塊。

我聽得懂他們的話了。我知道他們在經歷什麼，我感受得到那種衝擊。

我會告訴病人，要留點什麼，好讓家人懷念。我告訴病人的孩子，爸（媽）的死不是他們的錯。以後要更相互扶持，緊緊靠在一起。

病人逝世，我努力使家屬失去至親的哀傷變得稍可忍受。有點失神是正常的，暫時不必急著向前走。

病人類似的遭遇，不斷提醒我，太太的謹慎，她的睿智，她的好……原來她還活著，她依然重要。

只有當我不再想起她的時候，她才算真正的死去。

憶苦思甜。我好像重修了一趟醫療生死學的課。這是她留給我最珍貴的禮物。

DNR（一位內科住院醫師自述）

某個凌晨，我接到南部故鄉的來電。弟弟打電話來，媽媽病得很重，送附近大醫院的急診了。

我感到震驚愧疚。我只知道媽媽平常有輕微高血壓和糖尿病呀。

我急忙請假南下。我到醫院，得知媽媽患了急性心腎衰竭，剛做完血液透析，突然血壓下降，被送到加護病房。

我做「醫師」的「腦」，知道媽媽病得很重，可能撐不了多久，但是作「兒子」的「心」，卻仍希望奇蹟出現。

過幾個小時後，我已經確定媽媽存活率很低，主治醫師開始與我談到「緩和療法」，希望減輕媽媽痛苦。

我和純樸的鄉下家人討論，那是這輩子最困難的對話，也是最痛苦的決定。

兩個晚上後，媽媽在全家人圍繞祝福下拔管，安然逝世。

三個月後，我輪值到加護病房。

每天上工，我開始收集病人的各項「數據」，用我所知道的方式設法使它們正常。然後回報給主治醫師，聽候「長官」發號施令。

這裡的床很擠，有時候外面病房和急診會硬塞進來，我就得選擇一床比較「穩定」的到病房去……

我每天都在內心天人交戰。

有一天住進一個老婦人，患了厲害的肺炎。我什麼都給了：氧氣、輸液、抗生素，甚至升壓劑……

但是七天以來，我看著她逐漸傾頹。我報給主治醫師聽的數字都是紅色的。連主治醫師也搖頭。他查完房直接對我說：「請家屬簽DNR（放棄急救）。」

「現在！」

我硬著頭皮，召來老婦人的三個兒子。先話家常，再解釋病情，委婉暗示：他們的媽媽不會好起來了。

三兄弟滿臉哀戚，點頭表示能理解，也相信媽媽不會想這樣活下去。

大哥說：「父親早逝，媽媽含辛茹苦扶養他們長大。小時候媽媽有東西都先分給七個小孩吃，寧可自己餓肚子……」

什麼？有七個小孩？

大哥說，媽媽還有四個兒女旅居海外。有個卑微的請求，希望能多給兩天的時間，通知他們趕回來見媽媽最後一面……

隔天主治醫師劈頭就問：「病人拔管了嗎？床呢？」

我不知哪來的膽竟然敢回：「床上還有病人。我答應多給他們兩天。」

媽媽過世，讓我原本科學的腦袋了解什麼是悲憫，什麼是同理。我開始懂，病人家屬到底在想些什麼。

主治醫師大怒：「誰准你這麼做的！？」不發一語離去（但他也沒說不行）。

兩天後，七個兒女果真到齊，來到媽媽的房間。

是時候了，我含淚關掉呼吸器，監視儀的警示聲嘎然而止。

老婦人心跳逐漸減緩，他們七個手牽著手圍在媽媽床邊，開始唱起聖歌來。

老婦人原本死灰的臉突然變得紅潤，神情安詳，嘴角微微上揚。

白色高牆上彷彿出現一扇窗，一道燦爛的陽光照進來，灑在每個人身上，包括我。

我不再孤獨，病人家屬和我是方位相同的伴侶。

我不知道如何向主治醫師解釋。

可以確定的是，我在加護病房的日子，從未像此刻……如此寧靜，喜樂，滿足。

告別式（一位小兒腫瘤科醫師自述）

今天我來參加一個小孩的喪禮，我是孩子生前最後一個主治醫師。

六個月前，這孩子因為頭痛、嘔吐、嗜睡住院，電腦斷層顯示一個巨大的腦瘤。經過手術、化療、放療，病人曾一度好轉。

好到什麼程度？你想像不到這樣活蹦亂跳的孩子，會是躺在床上的住院病童。

不幸病情轉壞，和我先前預測的一樣。

我所建議的每一種療法都辜負了家長，我所不樂見的每一個副作用都降臨在孩子身上。

在通往喪禮的路上，我懷疑自己該不該來？我起碼有一百個理由不來。

一來我必須往前看，不能陷溺於以前的損失，該把能量留給川流不息的新病人。

再者，把這時間保留給自己的家人，陪孩子游泳、教孩子作代數，應該比

「紀念某病人」來得有意義吧。

何況家屬可能也不太想見到我。

爸爸曾經對治療有很多意見，舉凡抽痰、給藥、置換管線，常和醫護人員起爭執……

後來我發現他只是比較急。越了解他，就越尊敬他，他是個負責盡職的父親，自始至終沒掉過一滴眼淚。

而我這個敗軍之將，只會讓他憶起那些困難的對話、痛苦的藥物毒性、難以彌補的生命損失……

家人在這樣的場合，或許只想談談孩子的美好回憶，生活中那些甜蜜的往事……

我終究還是沒有回頭。踩足油門，一路前往。

喪禮上，親友的致詞，振奮人心的祝福話語，彷彿每個在場的人都比我認識這孩子。

家人用生前最珍愛的絨毛熊陪孩子安息。雙親、長輩、老師，用淚水道出孩子的乖巧和體貼。

孩子生病前的生活照：一家和樂融融，到郊外踏青；爸爸參加孩子的舞蹈課，甚至自己也學了一些舞步；媽媽煮了一手好菜，全家一起享用晚餐，是一天最愉悅的時光……

我學到更多。我知道了孩子的綽號、最喜歡的食物、運動和遊戲……在這樣的場合，這孩子就像是我的。我們曾一起經歷疾病的狂風巨浪；在某些時刻，我們的命運緊緊的綁在一起。

我也是個爸爸，也希望自己的孩子安然成長，就學、畢業、結婚、生子，領略人生正常的快樂與哀愁……

爸爸看到我，噙著淚向我微笑點頭示意：「很感謝您能來。」

那一刻，我深深的哀悼，感到謙卑與自責。我意識到醫師責任的重大，每個醫療決策對孩子生命的衝擊……

我很慶幸我今天來了。孩子的肉體消逝，但是並沒有離開我。我聽到孩子在天上對我叮嚀：「我很好。別擔心，請繼續工作，繼續努力。」

我向他發誓，我一定會的。

醫師！你準備好了嗎？

你為你辛苦考取證照感到驕傲，為你的博學感到志得意滿。

你心中充滿了興奮，終於將成為一個「真正」的醫生。

你開始需要對憂心困惑的母親明確宣判，她高燒不退的嬰兒得了「川崎症」；看著病人的臉告訴他，你得了癌症……

開始要背負和大多數人不同的命運，成為世界上最孤獨的人……

或許你會為了即將面臨的這些壓力而失落，但別沮喪，能為病人貢獻你所能貢獻最好的事，這仍然是你人生最美麗的選擇。

給年輕醫師的信

你知道我是誰，但你並不了解我。我現在算「老醫師」了，我看病已經超過三個十年。

我們在不同的時空下成長，人生有不同的優先順序。

當我熱切地講述我的「經驗」時，赫然發現，你不見得需要它。演化自有其理由。我屬於我熱愛的那個年代。

那是沒有電子病歷、沒有手機、沒有網路的醫學洪荒年代。我在圖書館裡找資料、影印paper，並逐字閱讀它們。

QOD[5]值班，接住院病人沒有上限，隔天沒有PMoff[6]。沒有工時制，沒有勞基法，沒有人身安全。（病人造反了，警衛呢？）

我用水銀血壓計幫病人量血壓，親自幫病人抽血、打點滴、刷血液抹片、分析病人糞便潛血……

當時檢驗很少，藥很少，病人的期待也不多。我必須判讀自己染的Gram

stain[7]結果，作臨床決策。

沒人質疑我的實驗室檢驗能力。在顯微鏡下檢查病人的體液，使我和病人感覺更親近了一點。God bless him.

當年的「理學檢查」現在已經被更精準的影像診斷所取代。字字血淚的手寫病歷變成滑鼠一蹴可幾的「剪貼與複製」。很不願意承認，當年聽診器聽出的「心音」，和當代心臟超音波所能提供的「細節」，竟然差那麼多。

當年沒有up-to-date，只能翻書，或者病人就是我的教科書。沒有「學習護照」，不知做了多少個「胸腔穿刺」、「腹部穿刺」、「脊椎穿刺」，製造了多少併發症，闖了多少禍……

擠在「看片箱」前瀏覽X光片，老師拿著似天線可伸縮的金屬指揮棒（另一個可悲的遺物），慢慢指，細細講。

5 QOD：每隔一天。

6 PMoff：下午休息。

7 Gram stain：革蘭氏染色，一種檢驗細菌的方法。

目光隨老師手上的棒子移動，X光片上便隨時有神奇的事情發生……

那時的醫院像軍隊，師長嚴苛而挑剔，總醫師像士官長，不合理的訓練就是磨練。有時教學卻像放牛吃草。

服從是實習醫師的天職（不服從病人的下場，就是被他們追著打）。

當年我們選擇對周圍噤聲，對病人保持距離。只有淺淺的愛，淡淡的關懷。什麼病患安全、physician burn out[8]、同儕間的尊重，我們閉口不談……

曾幾何時，在我執業生涯的此刻，我意識到你們的崛起。大批醫學新血輪，明日主將的湧現。

新時代的醫學、數位化資訊，以排山倒海之勢，賦予你們能力、創新、效率，和想像，處處超越我。我的戰場逐漸消失，信心產生裂縫。

我開會時不再傲慢評論，多方學習新事物、時時接受檢驗，小心避開每個容易露餡的情境。

我看越來越少的病人，講越來越少的課，但是卻忍不住說越來越多的故事。

這些年所寫的，那些牢牢植基於遙遠記憶的「軼事」，作為教學上的「點綴」。

姑且還算臨床「相關」的人文教材吧。你們要說它是老人的鄉愁也可，充滿疑點的過去也罷。

那個我曾經的「年輕」，有時候比現在的你們有更多選擇和想像……一個奇偉瑰怪的萬花筒。[8]

總之在你們的時代，我匍匐前進，維持「投入」而不自取其辱的姿態就對了。我多麼羡慕你們。你們明亮的眼睛，你們的青春，更好的工作氛圍。這是屬於你們的季節。

看到我的時候，請你們試著理解我的歷史。請記得，我很想告訴你，我是怎麼來到這裡的。

有些事情是永遠失去了，但不必懊悔。我相信未來可以得到更多。

在醫學生聚集的會議桌旁，我仍想拉一張椅子加入你們。

告訴你們，我還沒打算要退出。我依然深愛醫學，並希望你們像我一樣愛它。

8 physician burn out，醫師倦怠症。

給醫學新鮮人

昨天假日查房。我們科七個主治醫師加起來的住院病患是「零」。

這是自從我當主治醫師近三十年以來，第一次碰到的情形。病床要由中央統籌管理，備戰covid-19。

（我們的病人都被蓋牌了）

Covid-19病人用上呼吸器。許多醫生冒著生命危險在最前線和病人奮戰……

在這樣的時刻，是不是很多當醫生的，都覺得選錯行了呢？

我想告訴七月分要加入住院醫師行列的新鮮人：

我知道你心中充滿了興奮，終於將成為一個「真正」的醫生。

你為你辛苦考取證照感到驕傲，為你的博學感到志得意滿。（這是你一生中書唸最多的時候）

一方面你也暗自擔心，為自己的臨床實務懂得太少感到羞愧。

你感到害怕：我會不會傷害我的病人？我會不會被告？我犯了錯怎麼辦？我

能原諒我自己嗎？

而且你不再只是路障，正式升級為麻煩製造者。

你是菜鳥，永遠是錯誤的總歸戶。嚴厲的師長，醫院的文化，不健全的健康照護體系……沒有一樣好受。

現在Covid-19猖狂的年代。苦難多了一項：你還要努力保護自己，不被病人感染。

你會總是感到疲累，一事無成。常常忍受被嘲諷被孤立之苦，因此消沉，沮喪，想不開……

我要告訴你，在沉默中獨自受苦是危險的。你必需發聲，尋求同儕的幫忙。「子入大廟，每事問」。

超時的工作不是美德。你不必每件事都身先士卒，捨我其誰。承認自己不是萬能，適度的自私，充足的休息，才能走更遠的路。

或許你會問，當醫生這麼辛苦，這麼忙，這一切為了什麼？你會賺到了什麼？

我可能無法提供很好的答案。但是至少，你會讓你的病人覺得好多了。你可以使他們活久一點，改善他們的生活品質。

如果病入膏肓，就多陪陪病人，幫他做點決定，讓親人心安。在無法控制的疾病下，仍然保有一些自主權和心情的寧靜。

事情總會變好。你會慢慢成熟。教導你的學生，你的後繼者，讓他們知道你有多酷。和你的朋友合作，一起埋頭苦幹，一起解決病人的問題。

歡迎進入醫學領域。這是一個美妙的地方。請持續學習，追求卓越，但要隨時保持謙卑。穿上白袍，你會找到力量，找到歡愉。

做好自身的防備措施，Stay safe。為病人貢獻你所能貢獻最好的事。這會是你人生最美麗的選擇。

神聖時分

我第一次接受手術前的門診，醫師把厚厚的一疊「手術前準備」、「應注意事項」，連同「手術同意書」印出來，護理師叫我在她打勾的括弧上簽名就可以了。

我想起自己即將成為待宰羔羊，像要在結婚證書上簽名一樣慎重，緊張審視良久。

因為簽下名字的那刻，對我，是一種要把命交給你、全然託付「信任」的儀式之完成。醫師有點不耐煩，希望我速戰速決，認為這只是例行公事。你簽就對了。

我無法隱藏我的不悅。在這樣的時刻，我希望我的醫師和我一樣專注、莊重。不要開玩笑，不要接手機，不要看電腦螢幕……

針對我的疑問，看著我的眼睛，溫暖的、詳細的、有問必答的，把表格上的內容逐字解釋。那是醫病關係的「神聖時分」。

隨著年紀漸長，這種時分，比我原來想像的更多了一些。例如：對憂心困惑的母親明確宣判，她高燒不退的嬰兒得了「川崎症」……

看著病人的臉告訴他，你得了癌症，開始要背負和大多數人不同的命運，成為世界上最孤獨的人……

「生日這一天對你來說特不特別？」

教學門診，初診病人還沒進來前，我問醫學生：「買新車、買新房的那一天對你來說特不特別？」

他們點頭，知道我意有所指。

「你每年都會過一次生日，你幾年就會換一次車，或許十年買一棟房子……」我說。

「而病人可能是生平第一次或唯一一次，鼓起勇氣來找你，告訴你他的隱疾。對他當然也很特別。而和你的比起來，他的這一天特別糟糕。他孤獨，他恐懼，擔心事情可能出錯……所以即使只是尋常簡單的案例也快不得，要正經謹慎，嚴肅看待。」「病人的這一天和我們自己特別的日子一樣重要。」

萬花筒

九十二歲病人，阿茲海默症。多年來，他不能言語、無法反應，認不得任何人。

他做了氣切，放了鼻胃管，成天困在輪椅上，只能發些尖銳的聲響來表達他的不舒服。

這回這老人因肺炎住院。住院醫師診療後，要家屬簽「不急救同意書」（DNR）。

他兒子氣沖沖地找總醫師拍桌子理論：「那醫師根本不覺得我爸爸值得救！」簽DNR等於放棄他父親，兒子差點要辦自動出院。

總醫師看過病人，確定他已走到生命末端，轉頭面對這暴怒的中年男子。輕聲的說：「告訴我您父親的故事。」

你真的要我說？

這兒子竟然照做。他告訴總醫師，父親是農夫，家裡有一大塊農地。他是他爸爸七個孩子裡最疼的一個。

爸爸教他有關農作的一切。包括播種、耕耘、收成、進入市集……爸爸童叟不欺，急公好義，是個正直的人。兒子逐漸冷靜，坐在椅子上身子前傾。娓娓道來。

兒子最後說：「其實我們也知道父親要走了。我們只希望他儘可能走得舒適一點。」

後來家屬配合治療，再無怨言……

如果醫師可以多一點好奇，不要一下子就進入主訴，先和病人寒暄，對病人關心。或許他就會找到自己的初衷……

孩提時候媽媽帶著弟弟和我到彰化八卦山玩時，買給了我人生第一支萬花筒。

那支灰暗、廉價、不起眼的金屬管子，往裡頭初看，是一種光景，轉一下再看，又有不同的風情。

病人就像萬花筒。遇到困難猶疑的時候，別忘了「往裡頭看」，多轉個四到五下，便會看到：由價值觀、信仰、家庭結構、生命選擇……無盡組合的光影。

轉動你的萬花筒，多一點好奇，用故事彰顯病人。不讓他們感覺被排拒。一個簡單的動作，會使醫院不再只是建築物，你因此看到了靈魂。

看病就什麼都會修一點了。

教學

除了看病，有時候也會把教學看作是一種授命式的責任，一種人生的素樸義務。

很多親友認為，「在醫學院教書」vs.「在醫院看病」，前者大獲全勝。遙想自己當年。台大醫院是個很大的象牙塔。在那邊當醫學生和住院醫師是幸福的，老師都是典範。

在他們身後亦步亦趨，日出而作，日落而不息，勤勤懇懇，領微薄的薪水，日子充實而美好。

當時會留在台大的大概都是「富貴於我如浮雲」的傢伙。

他們相信：「士志於道，而恥惡衣惡食者，未足與議也。」他們是玩真的。我懷疑是否該陪他們一起繼續玩。

我人在台大當R3時，因緣際會之下，決定申請長庚試試。

我還記得踏進長庚的第一天，蘇文軫醫師在長庚的候車站迎接我。興高采烈領我穿過中央走廊，走到剛蓋好的「長庚兒童醫院」……

我在空蕩的研究室嗅到機會。再晃到他辦公室，瞄到放在桌上的薪水單……

我就義無反顧的來了。

想當老師沒那麼容易。遊戲規則是醫師先通過院內審核同意晉升，才得申請部定教職。

從講師，助理教授，副教授，到教授，至少通過八次綿密而嚴謹的考核。

距離第一次提出升等講師二、三年了，我資質駑鈍，資料夾送了被退，退了再送，忘了是怎麼保持鬥志的，總之從沒想過放棄。

二〇一五，確定不用再送出任何資料夾那刻真是感慨萬千，有些前路茫茫的失落。開始思索：接下來的人生，我該做些甚麼？

一年一聘。連續六年。我收到長庚大學的兼任教授聘書。負責醫學二「初步見識醫院」課程。

不管是全景式的鳥瞰，還是龐雜支線的細部觀察，這旅程使學生「清醒」過來，知道「怎麼樣做一個人」，才是醫生未來勝負的關鍵。

從漫天炮火的外科刀房，到診間醫病的絮絮低語，學生知道，醫院是一個令人窒息的世界。未來的挑戰是空前的，但是選擇也是多元的。

不盡然是晦暗。學生們一步一腳印，初步理解醫院的「官僚體系」如何具體運作，白色巨塔內每一條神經線乃至最末梢的毛細血管，都被挑出來一根一根耐心檢視……

「病人看著老師的眼睛，那目光充滿了誠意和友情……」

「老師的每一句冷笑話，在病人面前都變成那麼暖，帶著一種消磨病痛的溫順感情……」

來到安寧病房，學生講述著病人如何在一生中最接近死亡的那一霎那，裸露出人性的根本，我聽得入神，勾起自己的灰色回憶。

而這就是醫學。

看到醫病間的殷懇目光，學生不再認為醫院是寒冷的黑淵，而是待燃的火種……

學生都暫時忘記教科書與成績，展現自己很有「人情味」的那一面。

我則像是遠離戰火的老骨頭，因為事不關己，反而坦蕩，想說什麼就說什麼。想不說什麼就不說什麼。

沒錯，歲月自動「矯正」了我事事張揚的缺點（畢竟還是說了不少）。
面對學生的熱情，未來的憧憬，一絲絲人性種子的芽苗……我曾擁有而
如今失去的……學會假裝平靜，並寄以期許。
而能教書，在醫院裡面教書，是幸福的。

國家圖書館出版品預行編目資料

病歷的彼端，未盡的故事／林思偕著 . -- 初版 .
-- 臺中市：晨星出版有限公司，2022.02
面； 公分 . --（勁草生活；496）

ISBN 978-626-320-056-2（平裝）

863.55 110022120

歡迎掃描 QR CODE
填線上回函！

勁草生活 496

病歷的彼端，未盡的故事

作者 林思偕
主編 莊雅琦
編輯 林孟侃、何錦雲
封面設計 古鴻杰
美術設計 張蘊方

創辦人 陳銘民
發行所 晨星出版有限公司
407 台中市西屯區工業 30 路 1 號 1 樓
TEL：04-23595820 FAX：04-23550581
E-mail：service-taipei@morningstar.com.tw
http://star.morningstar.com.tw
行政院新聞局局版台業字第 2500 號
法律顧問 陳思成律師
初版 西元 2022 年 02 月 15 日（初版 1 刷）

讀者服務專線 TEL：02-23672044 ／ 04-23595819#212
讀者傳真專線 FAX：02-23635741 ／ 04-23595493
讀者專用信箱 service@morningstar.com.tw
網路書店 http://www.morningstar.com.tw
郵政劃撥 15060393（知己圖書股份有限公司）

印刷 上好印刷股份有限公司

定價 300 元

ISBN 978-626-320-056-2